시원찮은
히로인
그녀를 위한
육성방법
Saenai
heroine no
sodate-kata.
Presented by Fumiaki Maruto
Illustration : Kurehito Misaki
마루토 후미아키
= 지음
미사키 쿠레히토
= 일러스트

"어라? 좀
모에한데?"
"네 기획서,
일단 대충
한 번 훑어봤어."
카스미가오카
우타하
Utaha Kasumigaoka

어느 봄날, 나는,
운명과
마주쳤다……

아키
토모야
Tomoya Aki

"이게 무슨 모에 배틀 애니메이션이야
아아아아아아아아아아아아아~~~!!!"
사와무라 스펜서 에리리
Eriri Spencer Sawamura

카토
메구미
Megumi Kato

시원찮은 그녀(히로인)를 위한 육성방법 1

마루토 후미아키 지음
미사키 쿠레히토 일러스트
이승원 옮김

목차

프롤로그

“무대는 도쿄에서 비행기로 한 시간 정도 거리에 있는 남쪽의 작은 외딴섬인데…….”

방과 후의 교실은 창밖에서 스며들어오는 저녁노을 빛에 의해 붉게 물들어 있었다.

“저출산 문제로 학생 수가 줄어든 그 섬의 학교는 일본 본토에 있는 명문 여학교와 통합하게 되고…….”

창밖에서는 운동부 녀석들의 쓸데없이 활기찬 목소리가 들려왔다.

“주인공은 어쩔 수 없이 여장을 하고 그 여학교에 다니게 되면서부터 스토리는 시작되는데…….”

그 희미한 소리 때문에 더 조용하게 느껴지는 이 공간 안에서, 내 목소리가 울려 퍼졌다.

“달에서 온 왕녀님이 주인공의 집에서 홈스테이를 하게 되고…….”

나의 뜨거운 마음이, 열기 띤 목소리를 타고 조용히 퍼져 나가고 있는 것이다.

"아, 맞다. 이 세계에는 『신계(神界)』와 『마계(魔界)』와 『인간계』가 공존하고 있을 뿐만 아니라……."

"저기……."

"과학 기술이 진보한 덕분에, 주인공의 집에는 메이드 로봇이 셋이나 있는데……."

"저기 말이야……."

"주인공은 자신이 소속된 부(部)를 지키기 위해 학생회 선거에 나가기로 결의하고……."

"잠깐만……."

"아, 히로인들은 모두 무술을 하나씩 익혀서……."

"이제 그만 입 닥쳐어어어어~!"

"우왓, 목소리 좀 낮춰. 다른 사람들에게 방해되잖아."

나의 낮고 차분하며 조근조근한 목소리는, 느닷없이 들려온 폭력적인 고함 소리에 파묻히고 말았다.

"쩌렁쩌렁한 목소리로 영문 모를 넋두리를 30분 넘게 논스톱으로 교실 안에서 떠들어댄 놈에게 그만 소리를 할 자격이 있다고 생각해?!"

"벌써 시간이 그렇게 흘렀구나……."

시계를 보니, 어느새 시침이 15도 정도 움직인 것 같았다.

아, 나는 매사를 대국적으로 보는 인간이기 때문에 분침 같은 것에는 흥미가 없다.

“아무튼 이제 돌아갈래. 진짜로, 허무할 만큼, 완벽한 시간 낭비였어…….”

“아니, 잠깐만. 좀 진정하고 내 말 좀 들어봐. 내 이야기는 아직…….”

“느닷없이 방과 후에 불러내서, 표지밖에 없는 기획서를 보여주며 영문 모를 연설을 늘어놓은 후, 겸사겸사 해괴한 서클에 들어오라는 소리까지 지껄여대 놓고, 뭐 진정? 이 상황에서 진정하는 게 오히려 이상할 것 같지 않아?”

“느닷없이 방과 후에 불러냈는데도 네가 순순히 왔잖아. 그래서 가능성이 있는 걸지도 모른다고 생각했을 뿐이야…….”

“으…… 다방면에서 몰려온 후회라는 말이 머릿속을 가득 채우고 있으니까, 말꼬리 물고 늘어지지 좀 마.”

“그래?”

조금 전까지만 해도 고함을 지르며 분통을 터뜨리던 여자애는 양손으로 머리를 감싸 쥔 채 고개를 푹 숙였다.

그러자 그녀의 외모 면에서의 트레이드마크인 금발이 사르륵 하는 소리를 내면서 어깨를 타고 흘러내렸다.

그녀를 처음 본 남자라면 한순간에 시선을 빼앗기고 말 만큼, 그녀의 금발은 비단처럼 아름다웠고 피부 또한 도자기처럼 새하얬다.

영국인 아버지와 일본인 어머니 사이에서 태어나 일본에

서 자란 동급생.

사와무라 스펜서 에리리.

"그리고, 뭐? 할 줄 아는 거라고는 하나도 없는, 지금까지 소비형 오타쿠였던 녀석이 게임을 만들겠다는 거야? 세상 물정을 몰라도 너무 모르는 거 아냐?"

남들 앞에서는 상류층 아가씨처럼 행동하며 기품 넘치는 말투를 구사하는 그녀는 우리 반뿐만 아니라 학교 전체에 평판이 자자한 미소녀다. 하지만 그녀의 내면에는 이렇게 거칠고 격정적이며 마니악한 본성이 잠들어 있었다.

"자신은 할 줄 아는 게 하나도 없으면서 적당히 사람을 모아 게임을 만들게 해서 돈 좀 만져 보려고 하는 녀석을 뭐라고 부르는지 알아? 바로 동인 건달이야. 너는 지금 네가 그렇게 싫어하는 동인 건달이 되려 하고 있단 말이야."

"말도 안 되는 소리 하지 마! 나에게는 이 끓어오르는 정열이 있어! 의욕도 남들 곱절은 된다고! 즉, 나 없이는 이 기획이 태어날 수 없었고, 게임 또한 완성될 수 없어!"

"뭐, 맞는 말이야. 너 외에는 만들고 싶어 하는 사람이 없으니까 말이야."

"아, 구기지 마! 꼬박 하룻밤 걸려서 쓴 기획서란 말이다!"

"이름과 날짜와 동인 미소녀 게임 기획(임시)라고만 쓰인 기획서를 쓰는 데 왜 그렇게 시간이 걸린 거야?"

"열한 시간이나 잤더니 남는 시간이 얼마 안 되더라고."

"태클 걸 데가 너무 많아서 어디서부터 걸어야 할지 모르겠잖아……. 에잇, 에잇!"

"아, 아아…… 너무해."

1학년 때부터 각종 전람회에서 입상한 미술부의 에이스.

보기 드문 미술적 재능의 소유자.

그런 말을 듣는 이 소녀의 "정체"는 학교 전체를 통틀어도 나를 포함해 극히 일부의 사람들만 안다.

뭐, 그것을『나에게만 보여주는 그녀의 또 다른 얼굴』이라고 생각하며 우월감을 느낄 만큼 나는 인간이 되지는 못했지만 말이야. 그리고 이 여자애는 그런 생각이 눈곱만큼도 들지 않을 만큼 너무한 녀석이라고.

"너 같은 애가 새삼스럽게 양지로 나오겠다는 거야? 흥, 10년은 일러."

"그게 10년은 이를 뿐만 아니라 새삼스러운 일이라는 거냐. 그리고 겨우 동인 미소녀 게임 만드는 걸 가지고 양지에 나오는 거라고 할 수 있어?"

"윽…… 너 같은 애는 지금까지 해왔던 것처럼 미소녀 애니메이션이나 보고, 사서, 포교나 하란 말이야."

"너, 너, 계속 그딴 소리 하면『자치회의 독단』BD(블루레이 디스크) 최종편 안 빌려준다?"

"너는 그렇게 사람을 낚아놓고 마지막에 가서 초를 치기 때문에 최악이라는 소리를 듣는 거야!"

"자, 잠깐만! 방금 그건 말싸움에서 밀리는 것 같아서 BD로 한번 협박해본 것이야! 시, 실제로 그런 적은 한 번도 없다고……."

이 녀석, 마지막 편을 꽤나 기대하고 있나 보군…….

그런데 혼혈아면서 "초를 친다" 같은 관용구를 잘도 아네.

"아무튼, 이 이야기는 더 해봤자 시간 낭비야. 나는 오타쿠의 한심한 바보짓에 어울려줄 시간 없어."

"메, 메인 히로인의 캐릭터 디자인만 좀 부탁할게……. 그리고 겸사겸사 서브 히로인의 디자인과 모든 캐릭터의 원화와…… 서비스로 배경의 컬러 작업과……."

"기하급수적으로 의뢰 내용 늘리지 마! 무슨 게스트 원고 온리 동인지야?!"

"비, 비슷한 일을 겪어본 적이 있나 봐……?"

그런 식으로, 말붙일 엄두도 안 나는 상대를 필사적으로 설득하고 있을 때…….

"두 사람 다 진정해."

"윽……."

"서, 선배……!"

마치 이 교실 안에 우리밖에 없다고 착각하기라도 한 것처럼 둘만의 대화에 빠져 있는 우리의 귀를, 낮고 차분한 목소리가 부드럽게 쓰다듬고 지나갔다.

그렇다. 이 기획을 추진하기 위해 내가 포섭하려 한 사람은 에리리만이 아니다.

이렇게 이탈자가 발생할 수 있다는 위험을 예견해, 사전에 아군을 늘려둔 나의 역전 승리…….

"유감스럽지만 이번만큼은 나도 사와무라 양과 생각이 같아."

"서, 선배~."

하지만, 선배는 압도적으로 유리한 에리리의 편을 들었다. 안타까운 처지에 놓인 불우한 이웃에게 도움의 손길을 내미는 인간 본연의 선한 기질은 다 메말라 버린 것일까…….

"저기, 윤리(倫理) 군."

"윤리가 아니라 토모야(倫也)예요……."

내 이름이 나온 김에 자기소개를 할까 한다.

아키 토모야.

토요가사키 학원 2학년.

그리고 어제부로 동인 미소녀 게임 제작 서클(명칭 미정) 창립자라는 프로필이 추가되었다.

"네 기획서, 일단 대충 한 번 훑어봤어."

"……대충 훑어볼 정도의 가치밖에 없었다는 거네요. 그리고 왜 구겨진 기획서를 펴는 거예요?"

선배는 에리리가 구겨버린 종이를 정성 들여 펼쳤다.

그 종이를 펼치면, 폰트만 크고 글자 수는 극단적으로 적은, 타이틀밖에 없는 기획서(표지)가 모습을 드러낼 것이라는 사실을 알면서…….

“바꿔 말하자면, 네 머릿속 정도는 30분이면 전부 이해할 수 있다는 거야.”

“대단하네요. 작성자인 나도 전혀 감이 안 오던데 말이에요.”

“응. 별 아이디어는 없지만 일단 저지르고 보면 어떻게 되겠지~ 잠이나 자자~ 하고 네가 어젯밤 열 시 즈음에 이불 속에서 했다는 것을 알 수 있었어.”

“선배는 여전히 엄격하네요~.”

“너의 그 뻔뻔한 성격이 마음에 들지 않아서 이러는 거야.”

선배의 목소리는 차분하고 부드럽지만, 그 목소리가 자아내는 것은 상당한 수준의 독설이었다.

윤기 넘치는 긴 흑발. 표정 변화가 없다는 점이 옥에 티기는 하지만, 객관적으로 봐도 미녀라는 말이 너무나도 잘 어울리는 외모.

나나 에리리보다 한 학년 위인 상급생.

카스미가오카 우타하.

“아무튼, 네가 방금 말로 설명한 것을 포함하더라도, 이 기획은 완벽한 0점이야.”

"으윽."

"다른 데서 보거나 들은 적 있는 설정들을 대충 모아놓은 걸로밖에 안 보여."

"커억."

"아마 최근에 플레이한 작품의 설정을 적당히 이어 붙인 거지?"

"그, 그래도 여러 장르의 설정을 대충 이어 붙여서 꽤 혁신적이고 전위예술적인 설정을 만든 것 같은데……."

"맞아. 잡탕찌개를 만들려다 꿀꿀이죽이 된 것 같네."

"쿠, 쿨럭."

"그리고 "여러 장르의 설정을 대충 이어 붙였다." 같은 소리를 남들 앞에서 하면 뭐하자는 거야."

상당한 수준을 넘어, 폐부 깊숙이 박히는 듯한 무시무시한 독설이었다.

감정적인 에리리와 달리, 이성적(인 것처럼 보임)이기에 그녀의 독설은 더욱 깊숙하게 박혔다.

"하, 하지만, 이 기획은 나밖에……."

"어떤 편집자에게 들었던 말인데…… "자신만이 할 수 있다." 같은 소리를 하는 인간이 가지고 온 기획 중에 제대로 된 것은 하나도 없대."

"예……?"

"이건 진짜로 있었던 일이라는데…… 어느 날, 어떤 게임 회사에 한 기획서가 도착했어. 그 기획서를 쓴 작성자는『그야말로 신기원을 열었다.』,『이것이야말로 진정으로 유저들이 바라던 작품.』,『이 기획을 실현시킬 수 있는 건 이 넓은 게임 업계 안에도 나뿐.』같은 자화자찬만 해댔대."

"흐, 흐으으으으음~."

큰일 났다. 결말이 어떻게 될지 벌써부터 감이 와.

"그리고 뚜껑을 열어보니『아침에 주인공을 깨우러 오는 착한 소꿉친구』가 있고,『털털한 성격의 단발머리 스포츠 소녀』가 있고,『얌전하고 주인공을 너무나도 좋아하는 여동생』이 있고,『영적 존재인 불가사의 소녀』가 있고,『재미있는 만담』이 있고,『사귀기 시작한 후의 염장 러브 묘사』가 있고,『후반부의 급 전개와 기적에 의한 구제』가 있고……."

"크악! 이제 그만해! 그만하라고!"

우와, 방금 그 설명만 듣고도 다섯 개 이상의 게임 타이틀이 생각났어. 진짜 신기원을 열었네.

"뭐, 이제 알겠지?"

30분 동안 내가 한 설명을 겨우 30초 만에 완벽하게 박살 내버린 우타하 선배는 고개를 푹 숙인 내 어깨에 손을 얹었다.

"오래간만에 본격적으로 오타쿠 활동을 하려고 하는 윤리 군을 도와주고 싶은 마음이 없다고는 할 수 없지만, 그렇다고 있다고도 할 수 없는, 그야말로 마음속 깊은 곳에

개미 눈물만큼 존재하고 있는 듯한 느낌이 드는 듯하면서도 결국 들지 않지만…….”

“집중해서 들어보니, 결국 협력하고 싶지 않다는 거잖아요. 그리고 내 이름은 토모야라고요.”

1학년 때부터 전교 1등을 도맡아왔던 우리 학교 제일의 수재.

그리고 심심풀이 삼아 연극부의 각본을 쓰기도 한, 보기 드문 문장력의 소유자.

많은 이들에게 있어 존경과 경외의 대상인 이 여성의 ″정체″ 또한 학교 전체를 통틀어도 나를 비롯한 극히 일부의 인간들만 안다.

뭐, 그걸…… 아니, 아무튼 이 사람도 정말 너무하다니깐.

“자, 잠깐만…… 멋대로 단둘만의 세계에 빠져들지 말란 말이야!”

“네 주위의 세계는 나에게 항상 이렇게 엄격한 거냐?!”

바로 그때, 황금색 머리카락을 흔들며 다가온 에리리의 날카로운 독설이 내 마음속 깊은 곳에 박혔다.

“어머. 사와무라 양, 아직 있었어? 냉큼 그를 버리고 돌아간 줄 알았는데.”

“뭐…….”

어떤 본능에 의거한 것인지는 모르겠지만, 우타하 선배의 과잉 방위(防衛) 능력이 느닷없이 빛을 발했다.

"말은 그렇게 하면서도 사와무라 양은 그에게 정말 상냥하네. 나, 당신의 그런 점이 싫지는 않아."

"나는 당신의 이런 점이 정말 싫어."

"먼저 단둘만의 세계에 빠져든 건 누구였더라?"

"말 한번 잘했네. 불참을 표명한 건 나야. 그러니까 나를 따라 하지 말란 말이야."

"정말, 사와무라 양은 분별력이 떨어지네."

"아앙? 당신 지금 무슨 소리 하는 거야?!"

"저, 저기…… 멋대로 단둘만의 세계에 빠져들지 말라고."

항상 하는 생각이지만, 이 두 사람은 사이가 너무 좋았다.

물론 나쁜 의미에서 말이다.

"그리고 왜 하필이면 카스미가오카 우타하가 여기 있는 건데?"

"어머, 나도 이 학교의 학생이니까 딱히 이상할 것은 없지 않아?"

"흥, 그런 의미에서 한 말이 아니란 걸 알면서 모르는 척 하기는."

"그렇게 단둘이 있고 싶었어? 혹시 이상한 망상이라도 한 거야?"

"미리 말해두겠는데, 그딴 심리전에 어울려줄 생각 없어."

"이미 어울려놓고 그런 소리 하면 부끄럽지 않아? 사와무라 양."

"나는 항상 전심전력을 다해 인생을 살고 있을 뿐이야!"

"그렇다고 문을 부수지는 마."

"안 부쉈어! 쾅 소리가 났을 뿐이란 말이야!"

"어, 어이, 잠깐만! 잠깐만 기다려~!"

나의 단말마에 가까운 외침은, 분노에 찬 고함과 무언가가 박살 나는 소리에 가려지고 말았다.

나 때문에 말싸움을 벌인 두 사람은 나를 깡그리 무시한 채 교실 밖으로 나가버리고 만 것이다.

완전 본말전도잖아…….

"아, 아…… 하아아아아~."

홀로 남은 나는 땅이 꺼져라 한숨을 내쉬었다.

그것도 그럴 것이, 이걸로 메인 히로인의 대화 샘플과 겸사겸사 서브 히로인의 플롯과 모든 캐릭터의 시나리오…… 그리고 서비스 삼아 연출 포함 스크립트까지 부탁하려던 나의 야망마저 산산조각 나고 만 것이다.

결국 물리적으로 남은 것은 책상 위에 놓여 있는 A4 사이즈 종이 한 장과 나 자신뿐이었다.

한 시간 전까지만 해도 내 마음속에 존재했던 기획도, 의욕도, 희망도 허무할 만큼 간단하게 박살 나버렸다. 정신적으로 남은 것은 퇴짜 맞았다는 사실과 허탈감, 그리고 절망뿐이다.

아무리 생각해도, 이대로 끝낼 수밖에 없는 상황이다.

그러니 포기해버리면 된다. 용기 있는 후퇴를 결심하면 된다.

어차피 즉흥적으로 시작한 계획이다.

거기에 인생과 생사를 건 사투 같은 것은 존재하지 않는다.

그러니 그냥 말해버리면 된다. 어쩔 수 없군, 하고 말이다.

하지만…….

"내 싸움은, 이제 막 시작됐어……."

인간은 절망적인 상황에 처할수록 더 불타오르는 생물이잖아.

……캐릭터를 절망적인 상황에 빠뜨리고 좋아하는 건 변태 사디스트 작가뿐이지만 말이야. 뭐, 나랑은 딱히 상관없는 이야기군.

미소녀 게임 역사에 신기원을 이룰 기획을 만들었으나, 인재가 모이지 않은 탓에 서클 결성 자체가 암초에 부딪히고 말았다.

지금 이 상황에는 새로운 요소가 전혀 없다.

말하자면, 이 상황이야말로 왕도 그 자체인 것이다.

흔하디흔한, 붕괴로부터 시작되는 부활의 이야기.

그렇다. 순식간에 다섯 개 이상의 고전 게임 타이틀이 생각날 만큼 흔한 요소다.

하지만 그 다섯 개 이상의 게임들은 아직도 그 내용이 머릿속에 남아 있을 정도의 명작이다.

즉, 아무리 몇 번이나 클리어 했어도, 아무리 오래되었더라도, 좋은 게임은 좋은 게임인 것이다.

“좋아!”

힘차게 주먹을 말아 쥔 내 몸속은 어젯밤 잠들기 전처럼 열의와 의욕으로 가득 찼다.

그리고 나는 내일부터 시작될 고독한 사투를 상상하며…….

“두 사람에게 거절당했으니 정말 아쉽겠네.”

“……아, 너도 있었지.”

“흐음, 나를 히로인으로 삼은 게임을 만든다고 해놓고 나를 까맣게 잊었던 거야?”

“미안 미안. 깜빡했어.”

“응, 알아. 아키 군, 진짜로 깜빡했지?”

미안하지만 방금 한 말 중 일부분을 정정하겠다.

″우리″의 싸움은, 이제 막 시작됐어…….

“그런데 카토. 왜 저 녀석들 앞에서 존재를 어필하지 않은 거야?”

“그야 아우라가 다르잖아. 저 두 사람은 우리 학교 안에서 손꼽히는 초 유명인이란 말이야.”

“뭐, 그건 그렇지.”

“그런데 저 두 사람, 내 이름도 물어보지 않았네.”

“그, 그래도 처음에 너를 힐끔 쳐다보기는 했잖아? 말을 걸지는 않았지만…….”

“그건 그렇고, 깜짝 놀랐어. 아키 군이 그 유명한 사와무라 양과 카스미가오카 선배와 아는 사이일 거라고는 꿈에도 생각 못 했거든. 게다가 꽤 친해 보이던걸?”

“…….”

조금 전까지 없는 사람 취급을 당했는데도 딱히 불평을 하지 않은 그녀는 태연한 말투로 나와 평범한 대화를 나누고 있었다.

비주얼 적으로는…… 뭐, 보는 대로다.

1년 이상 같은 학교에 다녔는데도, 한 달 전까지 전혀 내 인상에 남지 않았던 동급생.

카토 메구미.

……그래. 이름 때문에 인상이 옅은 걸 거야. 그래, 틀림없어.

“자, 이야기도 끝난 것 같으니까 슬슬 돌아갈까? 실은 좀 들르고 싶은 곳이 있어.”

“……카토는 언제나 차분하네.”

“그래? 다들 그렇지 않아?”

“남들과 똑같아서는 안 돼. 너는 미소녀 게임의 메인 히로인이란 말이야.”

“아, 참. 게임에서는 이름을 바꾸는 편이 좋겠지? 카토 메구미라는 이름은 너무 흔하잖아.”

"본인이 그런 말을 하면 어쩌냐고……."

나는 명작이라고 불리는 작품들에 존재하는 한 가지 공통점을 떠올렸다.

그것은, 그 작품들에는 이 자리에서 바로 이름과 비주얼을 떠올릴 수 있을 만큼 개성적이고 매력적인 히로인이 존재한다는 점이다.

작품을 만들 때 캐릭터만 제대로 짤 수 있으면 9할은 먹고 들어가는 것이나 다름없다는 말이 있다.

즉, 캐릭터가 치명적일 만큼 시원찮을 경우에는…….

"문, 잠가도 되지?"

"……그래."

우, 우리의 사투는 이제 막 시작됐잖아!

그렇게 생각한 나는 다시 결의를 다지며 주먹을 쥐었다.

방금보다 주먹에 들어간 힘이 약한 것 같은 느낌이 드는 건 분명 기분 탓일 것이다.

그것도 그럴 것이, 이것은 나의…… 아니, 나, 아키 토모야와 카토 메구미가 보낸 악전고투의 나날을 담은 이야기니까 말이다.

친구A 역할이 딱 어울릴 것 같은 동급생을 메인 히로인으로 삼은 작품을 만드는, 너무나도 힘든 싸움의 나날들을…….

"영차……. 으음~. 이 정도면 되겠지?"

"카토, 왜 그래?"

"아, 그게 말이야. 문이 조금 부서졌어. 나중에 고쳐야 할 것 같아."

"너도 언젠가는 문을 부수는 사람이 되도록 해. 그편이 개성적이라서 캐릭터 잡기 좋거든."

제1장

플래그라는 건 말이야, 눈치채지 못하고 그냥 넘어가면 꺾여 버려

"좋은 아침이에요, 야마구치 아저씨."

"오, 이번에는 신문 배달이냐. 토모 군, 정말 열의가 넘치네."

"다음 달에 『황국(皇國)의 고라이온』 BD박스가 나오거든요! 넨○로이드는 초회판에만 들어 있기 때문에 나도 엄청 필사적이라고요!"

"……토모 군은 정말 변함없이 영문 모를 소리를 하는구나. 무슨 소리를 하는 건지 전혀 모르겠는걸."

"그럼 다음에 포교하러 갈 테니까 블루레이 플레이어만 준비해둬요. 그럼 잘 있어요~!"

근처 이웃사촌과 가볍게 아침 인사를 나눈 나는 힘차게 페달을 밟았다.

그리고 길을 따라 왼쪽으로 핸들을 튼 후 한동안 가속하자, 시야가 확 트일 만큼 급한 내리막길이 모습을 드러냈다.

통칭, 탐정 언덕.

내려갈 때는 심장이 오그라들게 만드는 오아시스, 올라갈 때는 심장이 터지게 만드는 사막이 되는 300미터 급 급경사 언덕이다.

그리고 이 언덕의 이름은 언덕 중간에 있는 『사카시타 흥신소』라고 적힌 낡은 간판을 향한 초등학생들의 호기심에서 유래되었다고 한다.

"우오오오오……."

언덕 초입에 도착한 순간, 등 뒤에서 불어온 강렬한 바람이 나와 자전거를 밀었다.

봄 방학 기간이자 4월을 하루 앞둔 오늘 아침의 공기는 그다지 차갑지 않았다.

길가 벚나무에서 떨어져 나와 바람을 타고 휘날리는 꽃잎들에서는 온기마저 느껴졌다.

쾌적한 바람을 맞으며 가파른 내리막길에 접어든 나는 급가속—.

"오오오오오…… 어이쿠!"

—할 뻔했지만, 있는 힘껏 양손의 레버를 움켜쥐면서 속도를 줄였다.

"보행자 없음, 차량 없음, 속도 문제없음…… 전부 OK!"

일시 정지를 한 나는 내리막길을 살폈다.

그 후, 찻길 가장자리를 따라 천천히 내리막길을 내려갔다.

작년부터 자전거 운전자에 대한 세간의 평가가 말도 안 될 만큼 나빠졌다.

그 덕분에 어릴 때처럼 자동차와 경쟁하거나, 자전거를 기울여 가면서 전속력으로 코너를 도는 것 같은, 스릴과 스피드가 넘치는 쾌감을 시내에서는 즐길 수 없게 되었다.

하지만…….

"뭐, 그래도 규칙은 규칙이지."

그런 것 때문에 "살기 힘든 세상이 되었다." 같은 불평을 늘어놓을 생각은 딱히 없다.

그런 짓을 하다 넘어져서 나만 다친다면 괜찮지만, 우연히 사고에 휘말린 누군가가 큰 피해를 볼 수도 있기 때문이다.

아무튼, 나는 어른의 계단을 올랐다고 생각하기로 했다.

게다가 흩날리는 벚꽃 잎과 비슷한 속도로 달리는 것도 봄이라는 계절을 즐기는 방법이라는 생각이 들었다.

"우오오, 하늘거리는 꽃잎을 보면서 햇빛을 쬐니 정말 기분 좋네……."

나는 브레이크를 쥔 양손 이외의 온몸에서 힘을 빼고 하늘을 올려다보았다.

이미 봄의 물결이 찾아온 푸른 하늘에서는 새하얀 구름이 흘러갔고, 그런 하늘을 배경 삼아 휘날리는 핑크빛 꽃잎이 봄의 정취를 더욱 살렸다.

그 외에도, 겨울에 비해 힘찬 느낌이 드는 태양과, 아침이 되었는데도 아직 지지 않은 달.

그리고 태양이나 달보다 크고, 가까우며, 빠른 속도로 내 시야 안을 가로지르는, 동그란 미확인 비행 물체.

"……어?"

태양이나 달보다, 크고, 가까우며, 빠른 속도로 내 시야 안을 가로지르는, 동그란 미확인 비행 물체…….

"서, 설마?! 유에프……오."

내가 말을 끝까지 잇기도 전에, 그 미확인 비행 물체는 내 눈앞에서 지면에 착지하더니, 내리막길을 따라 굴러가기 시작했다.

체공 시간이 조금 더 길었다면 정취가 있어서 더 좋았을 텐데 말이야.

"모자구나……."

확인 완료 주행 물체는 빨간색 밀짚모자가 아니라, 흰색 베레모였다.

아하, 미확인 비행 물체치고는 바람을 받는 면적과 강도가 약했기 때문에 먼 곳까지 날아가지 못한 거구나.

뭐, 색깔은 딱히 상관없지만 말이야.

내가 그런 쓸데없는 생각을 하면서 감개무량함에 젖어 있을 때…….

"아, 아아아~! 부탁이야, 거기 서~!"

어느새 강해진 바람과 함께 누군가의 목소리가 들려왔다.

"어……."

그 순간, 내 몸은 반사적으로 반응했다.

양손에 힘줄이 설 만큼 세게 브레이크를 쥔 나는 목이 부러지지나 않을까 걱정될 만큼 힘차게 뒤쪽을 돌아보았다.

아마 그것은, 언덕 위쪽에서 들려온 맑고 아름다울 뿐만 아니라 힘찬 목소리의 주인을 내 두 눈으로 확인하기 위해서…….

"내 모자~!"

"아……."

언덕 위.

그곳에서 나와 비슷한 또래로 보이는 소녀가 어쩔 줄 몰라 하고 있었다.

그와 동시에 내 시야에 들어온 새하얀 원피스, 새하얀 다리, 새하얀…….

잠깐. 색깔은 아무래도 상관없잖아. ……아마도.

멈출 기색을 보이지 않으며 힘차게 언덕을 굴러 내려가는 모자를 향해 오른손을 뻗은 그 소녀는 바람에 흩날리는 머리카락을 왼손으로 누르고 있었다. 즉, 치마를 누를 손이 없는 것이다.

……뭐, 아무튼 저 베레모의 주인은 저 소녀인 것 같았다.

"내 모자……."

"아……."

그리고 그 소녀가 멀어져가는 모자에서 시선을 거두자, 모자와 그녀 사이에 있는 나와 그녀의 시선이 마주쳤다.

그녀는 난처한 표정을 지은 채, 이번에는 나와 모자를 번갈아 바라보았다.

"잠깐만 기다려!"

"어……?"

그 소녀의 시선이 무슨 말을 하는지, 나는 알 수 없었다.

하지만 지금은 이 급전개…… 빅웨이브에 탈 수밖에 없다.

"우오오오오오옷!"

그래서 자전거 페달을 있는 힘껏…….

"오오오오오오오오오…… 어이쿠. 영차."

밟으려다 생각을 바꾼 나는 자전거에서 내려 자전거를 세워둔 후…….

"다시 한 번, 우오오오오오오오랴아아아아아아아아아앗~!"

두 발로 전력 질주를 했다.

자전거로 내달리는 것보다 느릴 뿐만 아니라 폼도 나지 않겠지만 어쩔 수 없다.

이것이야말로, 이 나라의 교통 법규에 의거한 올바른 모자 추적 방법이다.

전력 질주도 위험하기는 하지만, 그래도 두 발로 뛰는 것이니 교통 법규 위반은 아닐 것이다.

교통 약자 만세~.

※ ※ ※

그날 밤…….

자정이 지나자, 평소와 마찬가지로 애니메이션 녹화용 HDD레코더 두 대가 가동되는 소리가 들려왔다. 그런 가운데, 그 기계들이 뿜어내는 열기에 버금갈 만큼 뜨거운 열의에 휩싸인 채 키보드를 두드리는 소리가 방 안에 울려 퍼졌다.

타이틀 :

미정

작품 콘셉트 :

만남과, 진심과, 염장 러브를 다루는 작품

"……마지막 『염장 러브』 때문에 밸런스가 나빠지려나?"

오늘 아침, 『운명적인』 만남을 경험했기에.

현실에도 뒤지지 않을 만한 스토리성이, 내 창작 의욕에 불을 지폈기에.

……몸 밖으로 넘쳐 나오려 하는 이 열기를, 텍스트로 만들지 않고는 견딜 수가 없기에.

“아니, 염장 러브 묘사가 안 들어가면, 미소녀 게임을 만드는 의미가 없잖아.”

결국, 나는 큰길을 약 십여 미터 앞둔 지점에서 그 모자를 구출하는 데 성공했다.

언덕 중간까지 뛰어 내려온 그녀는 내가 괜찮다고 말할 때까지 몇 번이나 고개를 숙이면서 고마워했다.

까진 팔꿈치에서 느껴지는 고통이 마치 훈장처럼 느껴졌다.

프롤로그 :

어느 봄날, 나는 운명과 마주쳤다…….

부드러운 햇살이 쏟아지고, 따뜻한 바람이 불며, 벚나무 꽃잎이 춤추는 기나긴 언덕.

그리고 그 언덕의 꼭대기에 있는 한 소녀.

이름도 모르고, 만난 적도 없는 소녀.

새로운 예감에 가슴이 뛴, 바로 그 순간…….

나는 그때, 두 번째 사랑에 빠졌다.

그렇다. 또 사랑에 빠지고 말았다.

누군가를 좋아하게 되는 것을, 관둘 수가 없었다.

설령 자신이 상처 입는다 할지라도. 설령 상대를 상처 입히게 될지라도.

설령 서로를 향한 두 사람의 마음이 하나가 되지 못

하더라도…….

그렇게, 뭔가가 시작될 듯한 예감과 함께 새 학기는 시작되었다.

"……너무 오글거리나?"

그리고 우리 둘은 언덕 중간에 세워둔 자전거가 있는 곳까지 함께 걸었다.

하지만 그 후, 나는 자전거를 타고 언덕을 내려갔고, 그녀는 당초의 목적지로 향하기 위해 언덕을 올라갔다.

그동안, 우리는 별다른 대화를 나누지 못했다.

서로의 이름도 밝히지 않았고, 그 어떤 약속도 하지 않았다.

"아냐. 좀 오글거리는 편이 전체적인 흐름을 파악하는 데는 좋을지도 몰라. 오글오글 최고!"

그래도 괜찮다.

아니, 오히려 그렇게 되는 편이 좋다.

왜냐하면 이런 스토리는 끊어져버린 듯한 인연이 다시 이어지고 마는 드라마성을 통해 찬란히 빛나니까 말이다.

새 학기가 시작되었을 때, 그 소녀가 주인공의 반에 전학을 온다든가.

혹은 그 소녀와 주인공의 아버지가 적대 관계이기에, 두 사람은 애증의 파도 안에서 희롱 당하게 된다든가.

아니면, 실은 어머니가 같은 이부 남매라는 충격적인 사실이 판명되면서 스토리가 수렁 속으로 빠져드는 것도…….

……겨우 몇 초 만에 염장 러브와는 동떨어진 방향으로 나아가 버린 점은 일단 제쳐두자.

본 작품의 어필 포인트 :

풋풋하고, 안타까우며, 얼굴이 화끈거려 몸을 배배 꼬게 되는, 그런 청춘의 나날들을 담은 순애 어드벤처 노벨.

"……이번에는 오글거리는 정도를 넘어 아예 아저씨틱해졌잖아!"

그건 그렇고, 이렇게 열의가 끓어오른 것은 태어나서 처음이다.

마치 지금까지 잠들어 있던 내 몸속의 열기가 단숨에 분출된 것만 같았다.

내 마음이 이렇게 불타오른 것은 대체 얼마만일까?

밤잠을 설치고 끼니마저 거를 만큼 『사랑에 빠진 메트로놈』에 빠졌을 때 이후로 처음이니까…….

"아무리 그래도 『청춘』은 좀 그러네. 평범한 느낌이 되어버리잖아."

……그 후로 1년밖에 안 지났군.

본 작품의 어필 포인트 :

풋풋하고, 안타까우며, 얼굴이 화끈거려 몸을 배배 꼬게 되는, 그런 일상의 나날들을 담은 순애 어드벤처 노벨.

※)ps. 이 부분은 수정 예정.

"일상의 나날…… 일상과 나날은 같은 말이잖아."

내 게임 기획 작성은 HDD레코더가 모든 작품의 녹화를 끝내는 심야까지 계속되었다.

……다음 날 아침 신문은 평소보다 30분 늦게 각 가정에 배달되었다.

4월 첫날.

그리고 플롯 작성 2일 차.

캐릭터 설정 :

히로인A(이름 미정)

메인 히로인. 벚꽃이 흩날리는 언덕길에서 만난 소녀.

"……으음, 이 벚꽃을 설정 면에서 좀 더 살려보는 것도 괜찮을 것 같네."

여전히 기획서와 처절한 사투를 벌이며 메인 히로인을 디자인하던 나는 오늘도 현실에서 만났던 그 소녀를 떠올렸다.

지금 작성 중인 플롯의 캐릭터 설정과 마찬가지로, 이름 모를 그 소녀를 말이다.

이 마을에서 태어나 계속 살아온 내가 한 번도 본 적이 없는 얼굴인 것을 보면, 아마 최근 이 마을에 이사 왔거나 우연히 이 마을에 들렀던 것이리라.

흰색 원피스와 흰색 베레모.

그리고 바람에 흩날리는 머리카락을 손으로 누르며 지었던 그 표정…….

실은, 그녀의 얼굴이 잘 생각나지 않았다.

아무래도 그녀와 만난 순간의 시추에이션이 너무 강렬했던 탓에 그녀의 얼굴을 자세히 보지 않았던 것 같았다.

흰색은 기억에 남아 있지만…….

아니, 색깔은 상관없잖아.

호, 혹시나 해서 말해두는 건데 원피스의 색깔을 말하는 것이다.

캐릭터 설정 :

히로인A(이름 미정)

메인 히로인. 벚꽃이 흩날리는 언덕길에서 만난 소녀.

언덕길 꼭대기에 존재하는 커다란 벚나무.

그 벚나무가 건 저주 때문에, 벚나무의 정령으로서 영원에 가까운 시간을 살고 있다.

어릴 적, 주인공이 그녀와 나눈 약속…….

그 약속이 지켜져 그녀의 소원이 이뤄진 순간, 저주는 풀린다.

그 순간, 그녀라는 존재는 모두의 기억 속에서 사라지고 만다.

"……왠지 처음이라는 뜻의 음악용어(다ㅇ포)로 돌아가 버린 것 같은 느낌이 드는데?"

오늘 하루 동안에만 몇 번이나 생각의 미로에 갇혀버린 탓일까, 기획서 작성이 벽에 부딪히고 말았다.

내일은 더 열심히 짜야지.

4월 두 번째 날의 밤.

새 학기가 다가오는 발소리가 슬슬 들리기 시작할 즈음.

스토리 개요 :

미정.

“우와, 만우절이 지나가 버렸잖아. 이렇게 되면 만우절 장난이나 가짜 기사를 정리해둔 사이트를 뒤져봐야겠네.”

오늘은 두 줄이나 썼다.

4월 3일.

“봄 시즌 애니메이션은 오늘 밤부터 시작되는구나……. 체크 예정 작품의 1화만큼은 리얼타임으로 시청해줘야지.”

세 작품을 체크했는데, 그중 마지막 하나는 시청하지 않기로 마음먹었다.

4월 4일.

“내일부터 새 학기가 시작되는구나……. 결국 올해 봄 방학도 별일 없이 그냥 지나갔네.”

뭐, 현실이란 원래 그런 것이다.

※ ※ ※

“어이, 토모야. 너, 『호박색 콘체르토』 가지고 있지?”

“『호박색 콘체르토』……?”

오후 세 시 반 즈음. 수업이 끝난 후 하교 준비를 하기 위해 로커를 열려던 나에게 클래스메이트인 카미사토 요시히코가 말을 걸었다.

"그래. 올해 나온 미소녀 게임 중에서 꽤 수작으로 평가받고 있는 에로 게임 이식작이잖아. 너라면 분명 체크했을 것 같은데 말이야."

"……있다면 어쩔 건데?"

"빌려줘. 어차피 클리어했을 거 아냐."

그는 어젯밤에 녹화해둔 애니메이션을 보기 위해 서둘러 집으로 돌아가려 하는 나를 불러 세우더니 이딴 소리를 해댔다.

아무래도 이 녀석이 생각하는 나는, 수작으로 평가받은 에로 게임을 이식해서 만든 전 연령 미소녀 게임이라면 전부, 그것도 발매 당일에 사는 인간인 것 같았다.

"하고 싶으면 직접 사서 해."

"나는 토모야처럼 돈이 많지 않다고."

뭐, 그 게임을 사긴 샀어.

발매 당일, 그것도 오전 열 시에 샀다고.

초회 한정판 원화집&사운드트랙 다섯 장을 포함해 9800엔, 총중량 1.8킬로그램이나 되는 녀석을 말이야.

모든 전문점에서 점포 특전을 발표하는 날까지 고민에 고민을 거듭한 후에 바로 예약했지.

참고로 말하자면 플레이하면서 네 번은 울었다고.

"인마. 내가 돈이 있는 건 게임이나 애니메이션을 사기 위해 열심히 아르바이트를 하기 때문이야. 그러니 목적과 수단이 뒤바뀐 소리 좀 하지 마."

내 아버지는 중소기업 회사원이며, 우리 집은 집 대출이 나한테까지 넘어오는 게 거의 확정된 평범한 중산층 가정이다.

부모님이 해외 출장 중이라 넓디넓은 집에서 혼자 살 뿐만 아니라 돈 걱정도 없는 미소녀 게임 주인공과는 격이 다르단 말이다.

"뭐야. 토모야라면 샀을 줄 알았는데."

"설령 샀더라도 남에게 빌려주는 건 싫어. 하고 싶으면 우리 집에 와서 해."

"됐어. 네 짜증 나는 해설을 들으면서 게임을 하고 싶진 않단 말이야."

"그 정도는 장소와 소프트웨어를 제공한 이의 권리잖아. 같은 작품에 관해 이야기를 나눌 상대가 있다는 게 얼마나 행복한 일인데……."

"너, 일전에 내가 클리어 하기도 전에 엔딩 스포일러를 날렸잖아."

"……그때는 정말 미안했어. 잊어줘."

요시히코가 방금 한 말은 나 자신조차도 눈치채지 못한

위선을 날카롭게 지적했다.

인간이라는 동물은 자신도 모르는 사이에 타인에게 상처를 입힐 때가 있다.

스포일러는 오타쿠에게 있어 최악의 행위다……. 복제나 개조에 버금갈 정도로 말이다.

"아무튼 진짜로 없으니까 다른 녀석에게 빌려."

"맙소사~. 아키하바라에서도 멸종된 것 같고, 인터넷상에서도 불티나게 팔려서 재고가 없단 말이야. 살려고 해도 물건이 없어서 살 수가 없다고."

"그러니까 미리미리 예약을 하라고 입에 침이 마르게 말했잖아. 예약자가 모이지 않으면 판매점에서 발주를 넣지 않기 때문에 제작사 쪽도 물건을 많이 찍어낼 수가 없다고. 발매 후에 물건이 없다고 불평해봤자 자업자득이나 마찬가지란 말이야."

"너 왜 제작사 편을 드는 거야? 제작사에서 보낸 스파이냐?"

뭐, 하루만 일찍 빌려달라고 말했다면 빌려줬을지도 몰라.

……그 후, 나는 엄청난 폭언과 비난에 시달려야 했겠지만 말이야.

"뭐, 아무튼 그렇게 됐으니까 빨리 집에나 가. 그럼 내일 보자."

"너도 집에 갈 거지? 역까지 같이 안 갈래?"

"아…… 그, 그건 좀……."

"아, 맞다. 나랑 같이 게임 가게 돌아보지 않을래? 너, 재고 없는 인기 게임 같은 거 잘 찾아내잖아."

"좋아, 나만 믿어! ……아."

"땡큐. 그럼 토모야도 빨리 하교 준비해."

나는 반사적으로 요시히코의 제안을 받아들이고 말았다. 하지만…….

잘 생각해보니, 나는 현재 이 녀석을 내 로커에서 멀어지게 만들 책략을 짜야만 했다.

"어, 어이, 요시히코. 실은 나……."

그것도 그럴 것이, 내 로커 안에는…….

"뭘 그렇게 꾸물대는 거야. 토모야는 정말 못 말린다니깐."

"아아아아앗~!"

"자, 가방. 어차피 교과서 같은 건 학교에 두고 가지?"

"~그, 그래! 자, 그럼 빨리 가자고!"

"……왜 갑자기 리액션이 과장스러워진 거야?"

"아, 아무것도 아냐! 서두르자!"

가방만 덩그러니 놓여 있던 로커를 힘차게 닫은 나는 요시히코의 등을 밀면서 복도를 내달리려다…… 교칙을 떠올리고는 천천히 걸음을 옮겼다.

오늘 아침, 로커 안에 넣어둔 1.8킬로그램짜리 『호박색 콘체르토』 초회판이 사라졌다는 사실을 알고 안도하면서 말이다.

"아, 그런데 요시히코."

"왜?"

"참견쟁이 여자 친구나 할 법한 소리 좀 하지 마. 때리고 싶어진단 말이야."

"그딴 소리는 걷어차기 전에 하라고."

이미 짜증이 솟구쳤으니 어쩔 수 없잖아.

사립 토요가사키 학원.

주변의 경치가 그렇게 좋지도 않고, 그렇다고 도심에 있는 것도 아니다.

중학교와 고등학교가 합쳐진 에스컬레이터식 학교도 아니고, 대학 부속 고교도 아니며, 하물며 학원 도시 또한 아니다.

학생회가 학교를 지배하지도 않고, 선도 위원이 무기를 지참하지도 않으며, 이사장과 학원장이 정치적으로 대립하고 있지도 않다.

그저 도내(都內)에 위치한…… 창립한 지 10년도 채 되지 않은 학교.

무대 설정에 신경 쓰지 않은 미소녀 게임이나 미소녀 애니메이션에서나 나올 것 같은 이 토요가사키 학원에 우리는 다니고 있다.

"너는 항상 대형 양판점만 둘러보지? 그게 문제라고."

"왜? 대량으로 파는 데다 할인도 많이 해주잖아."

뭐, 그런 건 아무래도 상관없다. 딱히 중요한 이야기는 아니니까 말이다.

"어느 가게에서나 남아도는 상품이라면 그런 곳만 둘러봐도 되겠지. 하지만 네가 지금 찾는 건 대부분의 매장에서 씨가 말라버린 레어 상품이잖아?"

"그래서 뭐?"

"너 같은 난민을 대량으로 발생시킨 그런 타이틀은 물건이 또 들어와도 순식간에 다 팔려나갈 거야. 특히 너 같은 초짜들이 주로 노리는 데가 그런 대형 양판점이지."

"요도○시 카메라에서 게임을 산다고 초짜 취급이냐……."

가게 명칭은 거론하지 않았는데 자기 입으로 늘어놓다니. 이래서 초짜들은…….

"우리가 지금 노려야 하는 건 양판점이 아냐. 그렇다고 해서 게임 전문점에 가는 것도 안이한 발상이지."

"그러면 어디를 가봐야 하는데?"

"우리가 뒤져야 하는 곳은 메인 상품은 따로 있고, 구색 맞추기 식으로 게임을 파는 가게야."

"메인 상품?"

"뭐, 성인용 DVD 같은 거 말이야. 6층짜리 건물의 모든 층에서 성인용품을 팔면서, 구석에 있는 조그마한 코너에 일반 게임을 전시해둔 그런 곳에 가봐야 한다고."

"아하, 라○타○ 같은 데 말이구나."

그러니까 가게 명칭은 이하 생략…… 같은 이야기를 복도에서 열의에 찬 목소리로 나누고 있을 때, 옆에서 들려온 상쾌한 목소리가 우리 귀를 기분 좋게 쓰다듬고 지나갔다.

"아, 오타쿠들이다. 바이바이~."

"그래, 내일 봐."

"잠깐, 방금 그 호칭은 뭐야?!"

"아하하. 그럼 안녕~."

호칭은 좀 그래도 목소리와 태도는 꽤 호의적인 여자 클래스메이트A는 요시히코의 태클에 상큼한 미소로 답한 후, 그대로 우리에게서 멀어져갔다.

"하아. 토모야와 같은 반이 된 탓에 나까지 오타쿠 취급 당하게 됐잖아."

"말을 걸어주는 것만으로도 감사하게 생각해. 원래 우리 같은 오타쿠는 박해와 무시의 대상에 불과하단 말이야."

"대체 언제 적 이야기를 하는 거야?"

"7년 전 이야기."

"왜 그렇게 구체적인 시기가 튀어나오는 건데? 그리고 나는 토모야처럼 사회 복귀가 불가능할 정도의 중증 오타쿠는 아니라고."

"중증이든 아니든 오타쿠가 아닌 사람들의 입장에서 보면 다 똑같은 오타쿠야. 게다가 중증 오타쿠 입장에서 보자면 라이트 오타쿠는 모멸의 대상에 불과해. 하지만 안심해, 요시히코. 나는 그런 무미건조한 삶을 사는 너를 버리지 않을 테니까 말이야."

"……나는 왜 자신을 이쪽 세계에 끌어들인 장본인과 아직도 친구로 지내는 걸까?"

요시히코는 나의 뜨거운 우정 선언에 감격하기는커녕, 석연치 않은 표정을 지으면서 고개를 갸웃거렸다.

이래서 초짜는……. 아, 초짜와는 상관없나.

"너희는 대체 왜 붐이 일어난 후에나 관심을 가지는 거야? 원작 에로 게임이 발매되고 2년이나 흘렀는데도 코믹마켓 부스에서 판매하는 원작 게임 관련 대형 베개 커버를 사기 위해 몰려온 사람들이 장사진을 이뤄. 새벽 첫차를 타고 코믹마켓에 온 녀석들도 못 살 정도라고. 게다가 오피셜 통신 판매 접수도 5분 안에 매진될 만큼 경이적인 인기 타이틀이란 말이야."

"어이, 토모야. 우리는 아직 미성년이거든?"

"걱정하지 마. 나는 절대 19금 콘텐츠는 접하지 않거든. 방금 말한 건 전부 전 연령 대상으로 발표된 정보야."

그렇다. 나는 게임 가게 최상층이나 지하에 있는 19금 코너에 들어가 본 적이 없다.

그래서 『호박색 콘체르토』의 원작뿐만 아니라, 에로 게임이라는 장르에 속하는 게임을 해본 적이 단 한 번도 없다.

"여전히 쓸데없는 데서 철저한 녀석이라니깐."

"쓸데없지 않아. 19세가 되면 신세를 질 예정이니까 말이야. 그때까지는 룰을 지키면서 상대에게 폐가 되지 않도록 노력할 거야. 그편이 서로에게 좋지 않겠어?"

"토모야(倫也)의 토모(倫)는 소프윤(ソフ倫)[#1]의 윤……."

"그 별명으로 나를 부르지 마. 걷어차고 싶어지잖아."

"드, 등은 안 돼~."

우리가 신발장 앞에서 얇디얇은 우정을 확인하고 있을 때, 옆에서 들려온 굵은 목소리가 우리 귀에 꽂혔다.

"오~ 토모야 콤비. 집에 가는 길이냐?"

"그래."

"5분 전에 했던 소리를 또 하게 됐군. 방금 그 호칭은 뭐야?!"

"너희는 항상 즐거워 보이네. ……그럼 잘 가라."

"응. 너도 부활동 열심히 해."

얼룩투성이 운동복 너머로도 알 수 있을 만큼 근육질인 럭비부 소속의 남자 클래스메이트B는 요시히코의 말을 깔

#1 소프윤(ソフ倫) 컴퓨터 소프트웨어 윤리 기구의 약자. 컴퓨터용 소프트웨어의 윤리적 심사를 하는 기관.

끔하게 무시한 후, 커다란 발소리를 내면서 교정으로 향했다.

"정말, 오타쿠 취급 당하는 건 그렇다 쳐도, 왜 내가 토모야의 들러리 취급을 당해야 하는 건데."

"그야 네가 좀 전에 말했던 것처럼 중증 오타쿠가 아니기 때문이지."

"나는 오타쿠 레벨을 가지고 네 들러리 취급 당하는 것 자체가 납득이 안 된단 말이야."

"어쩔 수 없잖아. 너나 나나 성적이나 운동 같은 걸로는 우열을 가릴 수 없을 만큼 평균적이야. 그러니 남은 기준은 오타쿠 레벨과 외모뿐이라고. 그래도 안심해, 요시히코……."

"이 상황에서 괜한 허영 부리지 마. 너랑 나는 외모도 비슷한 레벨이라고."

나의 뜨거운 우정 선언……이 이번에는 완벽하게 막히고 말았다.

"아무튼, 이번 컨슈머판은 에로를 삭제했을 뿐인 평범한 베타 이식판이 아니라고 사전에 발표됐어. 원작에서는 공략 불가여서 폭동까지 일어날 뻔했다는 전설의 여동생이 이번에 정규 히로인으로 승격됐지. 그야말로 최강의 포진이라고……. 질 요소가 전혀 없단 말이다."

"무지막지하게 패배 플래그틱한 발언이네……. 뭐, 그것보다 토모야는 여동생 속성이었어?"

"무슨 소리 하는 거야. 여동생도, 누나도, 소꿉친구도, 선배도, 후배도, 활발 타입도, 무뚝뚝 타입도, 불가사의 타입도, 폭력 타입도, 전부 공평하게 최고란 말이다."

"그, 그렇구나……."

"하지만 단 하나…… 공략 불가 히로인만은 좋아하지 않기로 결심했어. 아무리 상대를 진심으로 좋아한들, 그 진심이 절대 상대에게 전해지지 않는 사랑만큼 괴로운 건 없거든."

"……너의 방금 발언을 들은 내가 더 괴로운 것 같은데 말이야."

"하지만, 드디어, 이번에야말로……!"

내가 미소녀 게임…… 특히 에로 게임의 전 연령 이식 타이틀을 깊이 사랑하는 가장 큰 이유는, 이 추가 요소에 있다고 해도 과언이 아니다.

유저가 몇 번이나 돈을 쓰게 만드는 악랄한 수법이라는 말도 듣지만, 매력적인 공략 불가 히로인이 공략 가능해진 것을 손해라고 생각하는 사람은 없을 것이다. 상식적으로 생각해서 말이다.

무리하게 시나리오를 추가하면 이야기의 완성도가 떨어질 수 있다면서 이식판에는 관여하지 않는 원작자도 있지만, 나는 그 원작자의 생각이 잘못되었다고 생각한다…….

"아아, 릿카땅 시나리오를 플레이했을 때를 떠올리기만

해도 입가에 미소가 번지네."

"그런 네 표정을 보기만 해도 나는 기분이 나빠진다고."

우리가 미소녀 게임론에 관한 심오한 대화를 나누며 교문을 향하고 있을 때, 또…….

"아키 군, 여기 있었구나."

"제발 부탁이니까 우리를 세트로 부르지 좀 말란 말이야!"

"으, 으음……."

"인마. 너 이번에는 완전히 무시당했거든?"

"오타쿠들"이나 "토모야 콤비"라는 표현을 쓰지 않고 나만 부른 여자 클래스메이트B는 방금 요시히코가 외친 말을 듣고 당황한 듯한 표정을 지으면서 나를 향해 말했다.

"하스미 선생님이 아키 군을 찾아. 지금 바로 교무실로 와달래."

담임 선생님이 나를 찾는다는 사실을 알려주기 위해서 말이다.

"카노 쌤이? 왜?"

"내일 수업에 쓸 교재를 시청각실로 옮겨줬으면 하는 것 같아."

"윽…… 그래서 나를 부른 거야? 나는 반장도, 학급 위원도 아닌데?"

"인마. 너 자주 거기서 멋대로 애니메이션 감상회 같은 걸

하잖아."

"멋대로 한 적 없어. 매번 선생님에게 허락 받았다고."

참고로 말하자면 애니메이션 제작사 측에도 매번 상영 허가를 받았다.

"몇 번이나, 몇 번이나, 몇 번이나, 몇 번이나, 몇 번이나, 몇 번이나, 몇 번이나 교무실에 쳐들어갔잖아. 선생님들이 고집을 꺾을 때까지 말이야."

"멋진 작품을 보고 느낀 감동을 다른 이들과 나누는 게 뭐가 어때서?"

이 세상에는 인생에 대해 진지하게 생각하게 되는 애니메이션이나 게임도 존재한다.

그것도 그럴 것이, 등교를 거부하던 한 은둔형 외톨이 소년이 어느 에로 게임을 플레이하고 감동한 나머지 다시 학교에 다니게 되었다는 미담도 있다. 그리고 중학생이면 에로 게임 하지 말라고.

"아무튼, 시청각실을 이용하게 해준 빚은 갚는 편이 낫지 않겠어? 출입 금지라도 당하면 나중에 귀찮아지잖아."

"도, 도와줄 생각은……."

"나는 미소녀 게임 주인공과 여교사 히로인의 달콤 쌉싸름한 한순간을 방해하지 않는, 무난한 남자 클래스메이트A 거든."

"……상대는 3차원 여성일 뿐만 아니라 20대 후반인데?"

"너의 그 쓸데없는 한마디 때문에 출입 금지에 일주일 정학 옵션이 붙지 않기를 빌어주지. 그럼 잘 가라."

"어, 어이, 요시히코……."

조금 전까지 우리가 공유했던 일그러진 동료 의식이 순식간에 다 사라져버렸는지 요시히코 녀석은 고난에 처하게 된 나를 내버려둔 채 홀로 교문 밖으로 나갔다.

그 후에는, 절망에 빠진 채 멍하니 서 있는 나와…….

"저, 저기……."

도망칠 타이밍을 놓쳤는지, 나와 같이 멍하니 서 있는 여자 클래스메이트B만이 있었다.

"아, 도와달라는 소리는 안 할 테니까 걱정 말고 가봐."

"아, 응. 뭐, 도와달라고 해도 거절할 생각이었어."

"아, 그랬구나……."

같은 반이 된 지 보름밖에 되지 않아서일까, 꽤나 매정하군.

"그럼 내일 봐."

뭐, 좋아.

나는 담임인 하스미 카노코 선생님을 딱히 싫어하지 않는다.

나이를 반올림하면 서른이 되기는 하지만, 우리 학교 교사 중에서는 꽤 미인인 편이고, 카노 쌤이라고 불러도 화내지 않는 데다, 말이 꽤 통하는 선생님이기 때문이다.

뭐, 그렇기 때문에 친밀하게 지내는 학생들에게 이런 잡일을 떠맡기기도 한다.

"아, 맞다. 아키 군."

"응~?"

뒤돌아선 나는 가볍지도 무겁지도 않은 걸음걸이로 학교 건물로 향했다.

뭐, 카노 쌤과의 플래그 성립 이벤트는 여러 가지 의미에서 발생 가능성이 희박하기는 하지만, 다른 기대치가 아예 없는 것은 아니다.

"일전에는 고마웠어."

"응? 뭐가?"

예를 들어…… 그렇다. 교무실에 갔더니 카노 쌤 앞에 다른 학교 교복을 입은 여자애가 서 있는 것이다.

"봄 방학 때 내 모자를 주워줬잖아. 흰색 베레모 말이야."

"아~ 그랬나……? 미안, 기억이 안 나."

그리고 "마침 잘 왔어, 아키 군. 이 애는 새로 우리 반에 온 전학생이야. 선생님, 지금 좀 바쁘니까 네가 대신 학교 안내를 해주지 않겠니?" 같은 말을 듣고 당황한 나를 향해 미소 짓는 그녀.

"뭐, 그럴 거야. 한 달 전 일이잖아. 그럼 바이바이~."

"그래. 자동차뿐만 아니라 자전거도 조심해."

그리고 서로의 얼굴을 응시한 순간…….

한 달 전의 기억이 되살아난 나머지 눈을 크게 치켜뜬 그녀의 놀라움으로 가득 찬 표정이…….

"자, 잠깐 스토오오오오오오오오오오오오오오오오오오오오오오오오오오옵~~~?!"

또 뒤돌아선 나는 교문을 향해 전속력으로 내달렸다.

"응? 왜?"

……매정한 여자 클래스메이트B는 나에게 전혀 관심이 없다는 듯이 가벼운 발걸음으로 교문을 향해 걸어가고 있었다.

"네가, 네가……."

"내가 뭐?"

"네가 그때 그, 흰색……."

"흰색?"

"원피스구나!"

"아, 아…… 그랬나?"

"그랬……나?"

"안 그래? 한 달 전에 자기가 어떤 옷을 입었는지 보통은 기억하지 못하잖아."

"그래………… 보통은, 그렇지."

제1장 :

어느 봄날, 나는 운명과 재회했다…….

쌀쌀한 바람을 타고 희미하게 흙먼지가 흩날리는 언덕.

저녁노을이 드리워진 그 언덕의 꼭대기에 서 있는 한…… 한 여자 클래스메이트, B.

한 달 동안 매일같이 얼굴을 마주했기에 이름도 알고 있는 그 소녀.

"으음…… 카노 메구미, 였지?"

"카노가 아니라 카토야~."

아, 이름 잘못 알고 있었구나.

제2장

수수함도 엄연한 개성이라고

"……."

"왜, 왜 그래?"

"저기…… 카토는 말이야."

"으, 응."

"평범하게 귀엽네."

카페 창밖으로 보이는 태양은 조금 전보다 더 서쪽으로 기울어 있었다.

그런 태양에서 눈을 뗀 나는 극적으로 재회한 운명의 그녀……가 아니라, 실은 보름 전부터 한 반에서 같이 생활했던 카토 메구미에게 꽤 오글거리는 대사를 했다.

"고, 고마워. 그런데 방금 한 말, 진심이 어리지 않은 것 같았어."

"아, 나도 그렇게 생각해. 그러니까 방금 내가 한 말은 잊어줘."

"아, 디저트 주문해도 돼? 나, 배가 조금 고프거든."

"그래. 뭐든 괜찮으니까 먹고 싶은 걸 주문해. 오늘은 내가 살게."

"아, 고마워. 으음~."

나는 메뉴를 쳐다보는 카토의 표정을 바라보면서 커피를 홀짝였다.

그리고 방금 자신이 한 말이 거짓이 아니라는 사실을 재확인했다.

확실히 카토 메구미는 귀여웠다.

이목구비는 단정하고, 키도 적당하며, 피부도 꽤 매끄러워 보였고, 나올 곳은 나왔고 들어갈 곳은 들어갔다.

"으음…… 오구라 토스트는 뭐지?"

"그거, 꽤 맛있어."

"아, 저기요. 레어 치즈케이크 부탁해요."

"흐음."

그런데 왜일까?

조금 전, 나는 같은 또래 여자애의 얼굴을 똑바로 쳐다보며 "귀엽다."라고 말했다. 그런데…… 상황에 따라서는 고백으로 받아들일 수도 있는 말을 했는데도 어째서 가슴이 전혀 뛰지 않는 거지……?

대체 뭐가 어떻게 된 거지?

카토에게서 안도감이 느껴지잖아?

그것도, 무지막지하게 짜증 나는 안도감이……!

"그건 그렇고 조금 의외네. 아키 군은 보기보다 리얼충인가 봐?"

"그게 무슨 소리야?"

"아니, 방금 느닷없이 "할 이야기가 있어서 그러는데 차라도 한잔 같이 하지 않겠어?"라고 나한테 말했잖아……."

"아, 그거 말이구나……."

나는 카토에게 그렇게 말한 후, 카노 쌤에게 전화를 걸어 미안하지만 오늘은 못 갈 것 같다고 말했다. 카토의 입장에서 보면, 불장난 상대 앞에서 애인에게 거짓 변명을 하는 인간 말종 양다리 자식처럼 보였을지도 모른다.

"나, 아무래도 오해했었나 봐. 아키 군은 분명……."

"으음, 그러고 보니 이성에게 그런 말을 한 건 태어나서 처음이네."

『분명…….』 뒤에 무슨 말이 따라올지 궁금하기는 했지만, 그녀의 말을 듣고 있다간 이야기가 이상한 방향으로 탈선할 것 같다는 생각이 든 나는 그녀의 말을 막았다.

"정말? 처음이었어?"

"그래. 신급 작화, 신급 각본, 신급 삽입곡으로 구성된 신급 완성도편 삼대신에게 맹세할 수도 있어."

"그게 무슨 신인지는 모르겠지만, 처음치고는 엄청 자연스럽던걸?"

"그야……."

실은 나도 엄청 긴장할 줄 알았거든?

정확하게 말하자면, 그 "언덕 위의 그녀"와 재회한 순간, 머릿속이 새하얗게 되고 심장이 벌렁벌렁거리면서 입안이 바짝 말라서 아무 말도 못 할 줄 알았다고.

하지만 그 후, 조금씩 친해진 우리는 이런저런 오해와 엇갈림을 경험하면서 거북한 사이가 되고, 결국 얼굴을 마주할 때마다 다투게 될 줄 알았어.

그리고 어떤 사건을 계기로 지금까지의 오해가 풀리면서, 처음 만났을 때 느꼈던 감정도 다시 확인하게 된 우리는 러브러브한 해피엔딩에 돌입할 거라고 생각했단 말이야.

"그것보다, 지금까지 눈치채지 못해서 정말 미안해."

물론 그런 망상 플롯을 그녀 앞에서 늘어놓는 실수를 범할 리가 없잖아?

"뭐, 괜찮아. 쬐~끔 쇼크였기는 했지만 말이야."

"아니, 그게…… 으음, 카토는 교복을 입었을 때와 사복을 입었을 때의 이미지가 너무 달라서 말이야."

"정말?"

"으, 응, 그래!"

사복을 입었을 때의 네 모습을 기억하지 못하는데 어떻게 알아보냐고…… 라고는 절대 말할 수 없다.

그녀가 새하얀 옷가지를 입었다는 건 기억하지만, 그 새하얀 의류를 입은 당사자의 얼굴과 목소리를 기억하지 못하다니…… 나는 정말 무례한 녀석이다.

"그, 그런데 왜 그때는 동급생이라는 걸 밝히지 않은 거야?"

"으음~. 이미 얼굴을 아는 사이인데 새로 자기소개를 하는 것도 좀 이상하지 않아?"

"그, 그래도 1학년 때는 다른 반이었잖아."

"나, E반이었어. 그러니 아키 군과 나는 같은 층에 있는 반이었던 거야."

참고로 말하자면 나는 E반 옆에 있는 A반이었다. ……즉, 매일같이 E반 앞을 지나 교실로 향했던 것이다.

맙소사. 몇 번 스쳐 지나가면서 본 정도가 아니라, 거의 매일같이 마주쳤을지도 모르겠군.

"그, 그런데 그때 내가 주워준 모자는 어떻게 했어?"

"아, 그건 친척 줬어."

"뭐……."

"봄 방학 때 사촌 동생이 우리 집에 놀러 왔거든. 그 모자를 마음에 들어 하는 것 같아서 선물로 줬어. 그 애, 정말 기뻐했어."

"아, 그, 그랬구나……. 잘 됐네."

우리 이야기의 근간을 형성하는 만남 이벤트에서 중요한 역할을 했던 그 모자는 현재 다른 사람에게 넘어간 모양이다…….

자신의 미스를 감추기 위해 던진 질문이, 조금 전까지 내가 느꼈던 찝찝함을 이렇게 깔끔하게 날려버릴 줄이야.

대체 뭐가 어떻게 된 거지?

카토에게서 안도감이 느껴지잖아?

그것도, 무지막지하게 짜증 나는 안도감이!

“뭐, 아무래도 카토가 나보다 기억력이 더 좋은 것 같네.”

카토와 마주 앉은 내 마음속에서 죄책감과 두근거림 같은 것이 사라져갔다. 그리고 그 빈자리를 친밀감이라는 감정이 채워갔다.

“아~ 그래?”

“응. 우리는 1학년 때 한 번도 이야기를 나눈 적이 없잖아?”

“응, 그렇긴 해.”

“게다가 나는 귀가부에, 성적도 좋은 편은 아닌 데다, 설상가상으로 오타쿠잖아. ……나처럼 눈에 띄지 않는 녀석을 기억하는 카토가 대단한 거야.”

……하지만 친밀감을 느낀다는 말을 다르게 해석하자면 허물이 없어졌다고나 할까, 이성으로 생각하지 않는다고나 할까, 여자 클래스메이트B로 돌아갔다고나 할까…….

“오타쿠라는 건 몰라도, 눈에 띄지 않는다는 말을 우리 학교 학생이 듣는다면 아마 주저 없이 부정할 거야.”

“그 말은…….”

“아키 군은 우리 학교 전체를 통틀어 다섯 손가락 안에 들어가는 유명인이잖아.”

“뭐…… 나, 그렇게 눈에 띄는 녀석이야?”

“아마 작년 문화제 때 개최했던 애니메이션 상영회 때문일 거야. 게릴라 이벤트 같은 느낌으로 개최했다면 아마 문제아로 좀 알려지는 선에서 끝났을 거야. 하지만 정식 허가를 받기 위해 매일같이 교무실에 쳐들어갔고, 교감 선생님과 말다툼까지 벌였을 뿐만 아니라, 보다 못한 교장 선생님이 중재했었다며? ……그런 사람은 운동부에도 없을걸?”

“……운동부 녀석들은 애니메이션 상영회 같은 걸 하려고 하지 않겠지.”

완전…… 실수했군.

나, 그렇게 눈에 띄었을 줄이야…….

“그러니 아키 토모야라는 이름을 들은 대부분의 사람들은 웃음을 터뜨리거나 인상을 찡그릴 거야. ″그게 누군데?″라고 말하는 사람은 아마 없을 걸?”

“전자와 후자의 비율은 어떻게 돼?”

“정확하게는 모르겠지만…… 아마 6 대 4 정도?”

“우와…… 역시 적이 많구나.”

“그렇게 주목 받았으니 어쩔 수 없잖아.”

선택받은 엘리트인가, 관심병 환자인가.

적인가, 아군인가. 정체불명의 아키 토모야.

……뭐, 양쪽 다 남들에게 미움받기 십상인 존재인 것 같지만 말이야.

『모난 돌이 되어도 좋다. 아무리 맞아도 끄떡없을 만큼 튼튼한 돌이 되자.』

어릴 적에 한 맹세를 무의식적으로 지켜왔구나.

할아버지. 나, 아무래도 할아버지를 무척 따랐던 것 같아.

"그랬구나……. 남들이 그런 눈으로 나를 보는 줄은 정말 몰랐어."

"바로 그거야."

"응? 뭐가?"

"아키 군도, 나도, 그런 인식이 없는 거야."

"카토도?"

"아키 군은 남들 눈에 띄려고 노력한 적이 없고, 나는 남들 눈에 띄지 않으려고 노력한 적이 없다는 말씀."

"아……."

골똘히 생각에 잠겨 있었던 나는 눈앞에 있는 소녀의 표정이 미묘하게 변했다는 사실을 그제야 눈치챘다.

"그런데도 아키 군은 나를 몰랐고, 나는 아키 군을 알고 있었어."

그녀는 한 줌의 쓸쓸함과 한 줌의 슬픔, 그리고 한 줌의 체념이 섞인 표정을 지으며 말했다.

"친구들 말이, 나는 인상이 옅은 편이래. 그래서 존재감이 없는 것 같다고……."

"아~. 무슨 말인지 무지막지하게 이해돼~!"

"……무지막지하게?"

"의외네~! 카토는 귀여우니까 꽤 인기 있을 줄 알았는데 말이야~!"

"……조금 전까지 클래스메이트인 내 이름과 얼굴도 제대로 기억하지 못했으면서?"

"방금 처음으로 그렇게 생각했어!"

방금 한 실언을 덮기 위해 허둥지둥 변명한 것으로 보일지도 모르지만, 방금 그 말은 거짓말이나 빈말이 아니다.

객관적으로 볼 때, 눈앞에 있는 카토 메구미라는 소녀는 분명 귀엽다.

하지만, 이성과 대화를 나눠본 적이 거의 없는 나 같은 애도 아무런 거리낌 없이 대화하게 해주는 그녀 특유의 개성이…….

"괜찮으니까 변명하지 않아도 돼."

"아니, 그러니까……."

"나는 역시 수수한 편인가 봐."

"수수……?"

카토가 그 말을 입에 담은 순간, 뜨거운 무언가가 치밀어 올라 내 가슴속을 태웠다.

"나도 성적은 보통이고, 부활동 같은 것도 하지 않아. 그렇다고 반장이나 학급 위원도 아냐."

그것은 위화감 같기도, 안타까움 같기도, 분노 같기도 했다.

"친구도 그렇게 많지 않아. 그렇다고 새로운 친구를 사귈 용기도 없어."

카토의 말 한마디 한마디는 내 마음속의 감정을 가라앉히기는커녕, 더욱 끓어오르게 만들었고…….

"그러니까, 아키 군을 비롯한 다른 사람들이 나를 기억하지 못하는 것도 당연—."

"그렇지 않아!"

"뭐……."

그래서 그 순간, 나는 주먹으로 테이블을 내려치며 고함을 질렀다.

"카토…… 너는 수수하지 않아!"

그리고 자리에서 일어난 나는 주먹을 하늘 높이 치켜들면서 외쳤다.

그런 나를 본 다른 테이블의 손님들이 놀란 눈으로 이쪽을 주목했다.

"그건 내가 보증할 수 있어! 그러니까, 그러니까 카

토……."

"자, 잠깐만. 진정해, 아키 군."

카토도 다른 손님들과 마찬가지로 깜짝 놀란 것 같았다.

하지만 나는 마음속에서 쏟아져 나오는 이 뜨거운 마음을 억누를 수 없었다.

"미안. 좀 흥분했어."

그래도 일어선 채로 계속 연설할 수는 없다고 생각한 나는 한숨을 내쉬면서 소파에 천천히 앉은 후…….

"작년에 있었던 일인데……."

천천히 이야기를 시작했다.

"작년이라면, 1학년 때?"

"아니, 2학년이었어."

"응? 흐음……."

"우리 반에 엄청 수수한 애가 있었어."

"누구야? 혹시 나도 아는 애야?"

"글쎄? 같은 반 여자애들에게도 무시당할 정도였으니 모를 것 같은데?"

"어…… 그렇구나."

"머리카락은 촌스럽게 땋았고, 안경을 썼으며, 얼굴도 주근깨투성이인 여자애야. 그야말로 수수함 캐릭터의 전형이라고 해도 과언이 아닐 정도였지."

"으음. A반에 그런 애가 있었어?"

"아니, 3반이었어."

"응? 흐, 흐음……."

"게다가 자신의 외모와 성격에 콤플렉스를 느끼는지 "나 따위……."라는 말을 입버릇처럼 중얼거리면서 어두운 아우라를 마구마구 뿜어댔지."

"으음, 그런 애라면 한 학년에 한 명 정도는 있을 거야."

낮은 목소리로 내가 해주는 이야기를 들은 카토는 맞장구를 쳤다.

"하지만……."

"응."

그녀의 표정에는 약간의 당황과 한 줌의 흥미가 섞여 있었다.

"그게 모에하단 말이야……."

"으, 응?"

"그 촌스럽게 땋아놓은 머리카락이, 투박한 검은색 뿔테 안경이, 주근깨를 감추기 위해 항상 푹 숙이고 있는 그 얼굴이 말이야."

"으, 으, 응?"

"남들이 다가오지 못하게 하는 태도가! 절대 남의 얼굴을 보면서 대화를 나누려 하지 않는 그 완고함이!"

"아, 아키 군……?"

"그런 애가 나에게만…… 아, 여기서부터가 중요해! 나에게만 마음을 여는 거야. 게다가 마음을 열고 나서는 항상 나만…… 아, 여기서부터는 울트라 중요해! 나만을 바라봐 주는 건 그야말로 최고라고! 카토, 안 그래? 응?!"

"으, 으음…… 이 상황에서 동의를 구해도, 좀……."

"아…… 미안."

당황으로 가득 찬 카토의 얼굴을 보고서야 자신이 또 주위에 있는 손님들의 시선을 한 몸에 받고 있다는 사실을 깨달은 나는 다시 소파에 앉았다.

"적어도 나에게 있어 그녀는 최고의 여자였어. 그래서 나는 그녀에게서 눈을 떼지 못했지……."

"그 애를 좋아했었구나."

"그래. 계속 그런 느낌으로 전개되었다면 그녀는 내 마누라가 되었을 거야……."

"겨, 결단이 빠르네. 우리는 아직 고교생이잖아."

"그런데…… 그 후, 그런 일이 일어날 줄은……."

하지만, 그때 그런 생각을 한 것은 그야말로 실수였다.

그 행복한 기억 뒤에 이어지는 이야기는, 나에게 있어 괴로운 추억 그 자체니까 말이다.

"아, 혹시…… 그 애와 잘 안된 거야?"

"문제는 사귀기 시작한 후부터였어……."

하지만 여기까지 이야기한 이상, 내 이야기에 귀를 기울여주는 카토를 위해서라도 전부 이야기하는 수밖에 없다.

각오를 다진 나는 무거워진 입을 억지로 뗐다.

“그 애는 나를 계속 좋아해줬어. 하지만 내가 좋아했던 여자애로 존재해주지는 않았지.”

“그 말은…….”

“어느 날, 그녀는 변하고 말았어……. 항상 촌스럽게 땋고 다니던 머리카락에 웨이브 파마를 했어. 안경을 벗고 콘택트렌즈를 꼈지. 주근깨도 옅은 화장으로 가렸어.”

“아, 이미지 체인지를 했구나.”

“그 후, 그녀는 우리 반 녀석들의 인기를 한 몸에 받게 됐어. 남학생들도 그녀에게 말을 걸면서 어떻게든 꼬셔보려고 필사적으로 노력했지……. 며칠 전까지는 그녀를 없는 사람 취급하던 녀석들이 말이야.”

“아하, 애인으로서 걱정이 된 거구나.”

“뭐, 결국 ‘자신이 인기가 많아지면 남친도 자랑스러워할 테니까.’라는 그녀의 착각에서 비롯된 것이라는 사실을 알고, 오해가 풀리기는 했어.”

“뭐야~. 심각한 이야기인가 했더니, 결국은 애인 자랑이네.”

“그렇지 않아!”

“까, 깜짝 놀랐잖아.”

나는 카토의 말을 단호하게 부정했다.

카토의 방금 발언에 다른 뜻이 섞여 있지 않다는 것은 알지만, 나는 그녀의 말을 인정할 수 없었다.

나와 그녀의 진짜 엇갈림은 바로 그때부터 시작되었으니까…….

"인기를 얻은 그녀를 보며 질투심을 느낀 그 순간부터, 나는 기묘한 위화감을 느끼고 말았어."

"그 위화감은 질투심에서 비롯된 것 아닐까?"

"처음에는 그렇게 생각했지만…… 이 위화감은 화해한 후에도 사라지지 않았어."

"뭐? 왜? 그녀는……."

"내 소망은 그런 게 아니었던 거야."

"하지만 그녀는 아키 군의 소망을 착각했을 뿐이잖아? 그 정도는 연인 사이에서 흔히 있는 일 같은데……."

"아니, 그렇다고 해도 부자연스러운 점이 너무 많았어."

"부자연스럽다니…… 그녀가 거짓말을 했다는 거야?"

거짓말을 한 것이라면 좋았으리라.

그녀가 거짓말을 한 것이라면, 마음에 상처를 받기는 하겠지만 이 위화감은 사라졌으리라.

하지만…….

"전개가 너무 갑작스러웠단 말이야."

"전개?"

"사귀게 되는 데까지는 정말 좋았어. 그녀의 마음이 변하는 모습을 수많은 이벤트를 통해 묘사해줘서 감정 이입도

할 수 있었어."

"이벤트? 묘사? 감정 이입?"

"그런데 말이야. 고백을 하고 사귀게 된 후부터 시작된 제2부가 문제였어. 날짜가 휙휙 지나갈 뿐만 아니라, 그녀의 심리 묘사도 엄청 생략됐거든. 마치 신호기 불빛처럼 그녀의 생각이 휙휙 변하니 정말 따라가지를 못하겠더라고."

"……제2부?"

"그리고 다른 히로인과 이야기를 좀 나눴을 뿐인데 '나도 저 애처럼 되면 그에게 버림받지 않을지도 몰라.' 같은 독백을 넣는다는 게 말이 돼?"

"……."

"크윽~. 뭘 모른다니깐! 그런 쓰레기 같은 전개가 나올 때마다 모니터를 박살 낼 뻔했어. 이 스토리를 쓴 녀석, 이야기를 정리하는 능력이 없는 게 분명해. 게다가 중간부터 대충대충 쓴 게 뻔히 보이더라고. 질린 건지, 시간이 없었던 건지, 아니면 능력이 없었던 건지는 모르겠지만, 그딴 건 유저 입장에서는 전혀 알 바가 아니라고. ㅇㅇ버려, 이 빌어먹을 시나리오 라이터 양반아."

진실이기에, 사실이기에, 용서할 수 없는 것이 있다.

가벼운 진실은, 무거운 거짓보다 잔인하다.

"저, 저기, 아키 군……. 혹시 말이야……."

"응?"

“혹시 그 여자애…… 아키 군이 말한 마누라는…… 애니메이션 캐릭터야?”

“무슨 소리 하는 거야. 당연히 아니지.”

“아. 미, 미안해. 나, 방금 말도 안 되는 망상을…….”

“애니메이션이 아니라 미소녀 게임. 작년에 발매된 『공회전 키스』라는 거야.”

“……뭐?”

“아, 좀 있으면 카토가 방금 한 착각이 사실이 될 테니까 안심해도 돼. 작년에 발매된 에로 게임 이식 미소녀 게임 중에서, 완성도는 몰라도 판매량 면에서는 세 손가락 안에 들어갈 정도거든. 그 제작사에서 만든 전작도 애니메이션화 되었으니까 그녀가 『애니메이션 캐릭터』가 되는 것도 시간문제…… 왜 그래?”

카토는 어느새 멍한 표정을 짓고 있었다.

“……그래서 2학년 3반이구나. 정말 못 말린다니깐. 못 알아듣는 게 당연하잖아.”

“당연하지는 않다고 생각하는데……. 공식 집계로도 3만 개나 팔린 타이틀이라고.”

“하아…….”

“피곤해?”

“조금.”

이유는 모르겠지만 쉴 새 없이 떠들어낸 나보다 카토가

더 피곤해 보였다.

피곤을 느낄 정도로 집중해서 내 이야기를 듣고 있었던 것일까.

역시 카토는 좋은 녀석이야. 존재감이 없기는 하지만 말이야.

"그런데 아키 군. 게임 속 히로인에 대한 이야기는 대체 왜 한 거야?"

그러니, 그녀의 말에 가시가 돋친 것처럼 느껴지는 것은 분명 내 착각이리라.

"즉, 내가 하고 싶은 말은…… 카토는 수수하지 않다는 거야."

"으음, 방금까지 한 말에서 어떻게 그런 결론이 나오는 건데?"

표정에서 약간의 짜증이 느껴지는 것 또한 분명 내 착각이리라.

"수수하다는 것은 말이야. 그 자체로도 강력한 개성이라고! 강렬한 캐릭터성이란 말이야!"

"그래?"

"촌스럽게 땋은 머리카락, 투박한 뿔테 안경, 주근깨…… 그런 수수하기 그지없는 요소들이 모여서 사람들을 매료시키는 매력이 되기도 해. 그런 매력을 지닌 애가 나에게 있어 최고의 마누라가 되기도 한다고!"

뭐, 시나리오가 발목을 잡은 탓에 홈페이지 인기투표에서 4위를 하고 말았지만 말이다.

"카토는 친구가 "그렇게 많지 않다."라고 말했지만, 그 애에게는 친구가 단 한 명도 없었어. 단 한 명의 친구를 만들 용기조차 없었던 거야."

카페에서 친구에게 "나는 친구가 적어~."라고 푸념할 수도 없었고, 친구를 만들기 위해 부활동을 할 용기도 없었다.

"이미 친구가 있는 카토와는 스타트라인 자체가 다르단 말이야."

그 외에도 누구와도 이야기 하지 않고, 학교에 잘 나오지도 않고, 여자애들에게 괴롭힘을 당하는 등……. 아, 남자애들에게 성적 희롱 같은 걸 당한다는 설정은 세간의 분위기를 생각해 뺀 것 같다.

"한 번 더 말해줄게. 카토…… 너는 수수하지 않아."

수수하지도, 화려하지도 않다.

개성도, 속성도 없다.

그런 그녀를 한마디로 표현하자면…….

"네 개성은 이미 사망했어!"

"……."

거기에 두어 마디 더 붙이자면…….

"캐릭터 자체가 아예 성립되지 않았어! 어중간하다고!"

"……."

마지막으로…….

“그래서 눈에 띄지 않는 거야!”

“…….”

나의 진심어린 말과 시선을 받은 카토는 입을 쩍 벌린 채 나를 쳐다보았다.

그녀의 표정은 방금까지보다 더 멍해졌다고나 할까, 개성이 완전히 죽어버려서 남들의 인상에 남지 않는 표정이 되었다고나 할까…….

“으음, 뭐 하나만 물어봐도 돼?”

“좋아.”

“좀 전의 그 기나긴 이야기는 나를 위로하기 위해서 한 게 아니지?”

“위로? 내가 카토를? 왜?”

“……게다가 나를 위로해주기는커녕 아예 부정해버렸잖아. 나, 게임 캐릭터보다 못한 거네?”

“무슨 소리 하는 거야. 그 애보다 나은 모에 캐릭터는 작년에 없었어. 현실뿐만 아니라 2차원에서도 말이야.”

“『현실』과 『2차원』의 말하는 순서가 바뀐 것 아냐?”

“어? 왜?”

“………….”

“……카토?”

“………….”

저녁노을이 드리워진 통나무집 느낌의 카페.

테이블에 놓인 데니시 위의 소프트크림이 전부 녹아내릴 때까지, 카토는 침묵을 지켰다.

※ ※ ※

"휴우우우우……."

아르바이트를 끝내고 집에 돌아온 나는 저녁 식사와 목욕을 마쳤다. 그리고 날짜가 바뀔 시간이 다 되었을 즈음…….

힘차게 침대에 드러누웠다.

오늘은 정말 지쳤다…….

하지만 몸 전체에서 느껴지는 기분 좋은 피로보다, 머릿속에 자욱하게 낀 안개 같은 정신적 피로가 훨씬 강력했다.

『봄 방학 때 내 모자를 주워줬잖아. 흰색 베레모 말이야.』

"하아아아아~."

나는 방과 후에 있었던 일을 떠올렸다.

……카토 메구미라는 이름의, 운명의 메인 히로인인 줄 알았던 소녀와의 재회를 말이다.

『아, 그건 친척 줬어.』

"하아아아아아아아아아아~."

몇 개의 우연이 겹친 끝에 이루어진 만남인데도 불구하고, 그것은 드라마틱이라는 표현과는 거리가 너무나도 먼 강제 이벤트 같았다.

이야기의 프롤로그에 어울리는 운명도, 만남의 임팩트도, 순백의 이미지도, 너무나도 평범한 반응을 보이는 카토 메구미라는 여자애에게 있어서는 아무런 의미도 없었다.

……그래서 대하기 편하기는 했지만, 그렇게 완벽하게 플래그를 박살 낼 것까지는 없지 않았을까 하는 생각이 들었다.

『친구들 말이, 나는 인상이 옅은 편이래.』

눈을 감은 나는 오늘 본 카토 메구미라는 소녀의 표정들을 떠올려보았다.

……아직 하루도 채 지나지 않았기에 선명하게 기억하고 있지만, 며칠 후에도 지금처럼 선명하게 떠올릴 수 있을지는 의문이었다.

"뭐, 귀엽기는 했어."

본인 앞에서 말했듯이, 그녀는 확실히 귀여웠다.

이것은 농담도, 아첨도 아니다.

표정 또한 2차원 캐릭터처럼 많지는 않지만, 결핍됐다는 느낌이 들 정도는 아니었다. 나는 오늘, 카토 메구미라는 소녀가 지닌 여러 표정을 보았다.

그런데, 왜…….

전혀 "그런 마음"이 들지 않는 것일까.

약간 오래된 표현을 쓰자면 왜 가슴이 "두근두근"하지 않는 것일까.

『나, 게임 캐릭터보다 못한 거네?』

"……으음, 뭐……."

그때의 카토는 약간 인상적인 표정을 지었다.

뭐, 내가 좀 심한 소리를 했으니 그런 표정을 짓는 것도 무리는 아니었다.

아무튼, 오랜만에 내 창작 의욕을 자극한 운명의 여신 같은 소녀가, 실은 그렇게 몰개성적이고 아무런 속성도 없는 인물일 줄이야…….

그렇게 어중간한 캐릭터는 태어나서 처음 봤어…….

캐릭터 설정 :

히로인A(이름 미정)

메인 히로인. 벚꽃이 휘날리는 언덕길에서 만난 소녀.

"으음……?"

생각을 정리하지 못한 나는 문뜩 책상 서랍에 넣어둔 기획서를 꺼냈다.

그러자 첫 페이지에 적어놓은 메인 히로인의 캐릭터 설정에 눈이 갔다.

이름 없는 메인 히로인의 설정에…….

> 언덕길 꼭대기에 존재하는 커다란 벚나무.
>
> 그 벚나무가 건 저주 때문에, 벚나무의 정령으로서 영원에 가까운 시간을 살고 있다.
>
> 어릴 적, 주인공이 그녀와 나눈 약속…….
>
> 그 약속이 지켜져 그녀의 소원이 이뤄진 순간, 저주는 풀린다.
>
> 그 순간, 그녀라는 존재는 모두의 기억 속에서 사라지고 만다.

"저주……라."

어쩌면 카토의 인상이 옅은 것도 벚나무의 저주…… 때문일 리가 없지.

한 달 만에 꺼내본 기획서에 적힌 오글거리는 문장을 본 나는 머리를 감싸 쥐었다. 그리고 기획서를 구겨서 쓰레기

통을 향해 던져버렸다.

스트라이크 코스에서 벗어난 그 기획서는 그대로 책상 밑으로 숨어버렸다.

"무리야……."

나는 또 한 번 머리를 감싸 쥘 수밖에 없었다. 솔직히 말해 이렇게 어려운 캐릭터는 처음 봤다.

아니, 묘사하는 것 자체는 그렇게 어렵지 않았다.

정확하게 말하자면, 묘사 자체는 쉽지만 그래서는 그녀를 부각시킬 수 없다.

그리고 그렇게 만들어진 그녀는 절대 히로인이 되지 못할 것이다.

히로인의 여자 친구 A의 영역에서 그녀를 벗어나게 하는 것조차 어려우리라.

아니, 히로인의 여자 친구 A조차도 허들이 높다. 잘 되어 봤자 B 정도일 것이다.

그렇다. 완벽하게 무리다.

이런 기획이 통과될 리가 없다.

이렇게 엄청난 역경을 뛰어넘는 건…….

"잠깐만."

하지만 그 순간, 용수철이 튕기듯 침대에서 벌떡 일어난 나는 책상 아래를 향해 몸을 날렸다.

어중간함 또한 하나의 속성 아닐까?

그리고 엄청난 역경이라는 것은 전형적인 모에 포인트가 아닐까……?

※ ※ ※

그리고 다음 날 아침…….

"아, 안녕, 카토!"

"아, 좋은 아침이야. 아키 군."

"……."

"왜 그래?"

"아니, 나를 대하는 태도가 딱히 달라진 것 같진 않아서……."

등교 도중에 마주친 카토 메구미는 평범하게, 너무나도 평범하게 나를 대했다.

"카페에서 차 한잔 같이 했다고 갑자기 친해질 리가 없잖아."

"아니, 반대야 반대."

"반대?"

"카토가 나를 무시하거나 무시무시한 눈으로 노려볼지도 모른다고 생각했거든."

"아하, 그랬구나."

"솔직히 말해, 나 어제 카토에게 엄청 심한 말을 했잖아?

네 개성은 사망했다는 둥, 어중간하다는 둥……."
"뭐, 엄청 실례되는 말이긴 했어."
"……화났어?"
"뭐, 화가 안 난 건 아니고, 아키 군을 투명 인간 취급할 이유가 없는 것도 아니지만……."
"아니지만?"
"그래도 이른 아침에 마주친 아키 군이 활기찬 목소리로 나한테 인사를 건네니까, '아, 어제 그건 딱히 심각하게 생각할 일이 아닌가 보네.' 같은 생각이 들었어."
"카토, 넌……."
정말 쉬운 애구나…….
"응? 방금 뭐라고 했어?"
"용서해줘서 고맙다고 말했어……."
"괜찮아, 괜찮아. 나도 어제 아키 군에게 잘 얻어먹었는걸, 뭐."
카토는 정말 좋은 녀석이다.
차분하고, 이성적이며, 온화하고, 마음이 넓으며, 안심이 되는 친구다.
그래서 고마움을 느꼈다. 그와 동시에…… 문제의식도 느꼈다.
"앞으로도 자주 말을 걸어줘. 아키 군과 이야기를 나눌 때면 정말 심심할 틈이 없거든."

왜 이 상황에서 과잉 반응을 하지 않는 거야.

남녀 간의 긴장감 같은 건 눈곱만큼도 느껴지지 않잖아.

너를 화나게 하거나 슬프게 하는 건 불가능한 거 아냐?

이래서야 히로인으로서 완전 실격이잖아…….

"아~ 그거라면 걱정하지 마."

이래서는 안 된다고, 카토.

걸음을 내딛지 않으면, 앞으로 나갈 수 없단 말이다.

"왜냐하면 너는 오늘부터 매일같이 방과 후에 나와 같이 시간을 보내게 될 테니까 말이야."

"고백하는 거야?"

"그렇게 생각한다면 좀 더 동요하는 게 어때?"

카토의 표정이 어제와 마찬가지로 멍해져가고 있었다.

"카토! 카토 메구미!"

"으, 응?"

그녀의 얼굴을 보고 좋지 않은 예감을 받은 나는 서둘러 용건을 밝히기로 했다.

"내가, 너를, 모든 이들의 가슴을 두근거리게 하는 메인 히로인으로 만들어주겠어!"

"…………."

"……뭐라고 말 좀 해봐."

"……뭐라고 말하면 되는데?"

내가 용건을 밝히자, 어제와 마찬가지로 카토의 얼굴에서 개성이 점점 사라져갔다.

"아, 아무튼! 이걸 읽어줘!"

"러브레터야?"

"그~러~니~까~ 그렇게 생각한다면 좀 더 극적인 반응을……."

"……기획서?"

"너, 남의 반응 같은 건 개의치 않고 자기 이야기만 하는 타입이구나."

"……잠깐, 이게 뭐야?"

타이틀 :

미정(메구땅의 러브러브 서머 버케이션?)

장르 :

미정(연애 어드벤처, 연애 시뮬레이션, 데스크톱 액세서리 등)

작품 콘셉트 :

본 작품의 메인 히로인인 카토 메구미(가명)를 철저하게 특징지은 후,

그녀의 매력을 최대한 이끌어내는 것을 유일한 목적으로 삼는다.

"기획서야. 미소녀 게임 기획서."

"……."

"하지만 메이저 쪽을 통해 이 기획을 추진할 돈도, 인맥도 없으니까 동인 게임이 될 것 같아."

"……."

"그리고 카토 메구미라는 캐릭터를, 매력적인 히로인으로 만들어줄 여권이기도 해."

"……아키 군이 하는 말이 무지막지하게 중2병틱하게 들리는 건 내 감성이 낡았기 때문이지?"

"걱정하지 마. 나도 말하면서 약간 그런 느낌을 받았거든."

"약간, 이구나……."

"참고로 다음 페이지에는 좀 더 자세한 설정이……."

캐릭터 설정 :

카토 메구미(가명)

메인 히로인. 벚꽃이 흩날리는 언덕길에서 만난 소녀.

토요가사키 학원 2학년.

신장 : 본인 기입 요망

체중 : 본인 기입 요망

가슴둘레 : 본인 기입 요망

허리둘레 : 본인 기입 요망

엉덩이 둘레 : 본인 기입 요망

취미 : 본인 기입 요망

특기 : 본인 기입 요망

본인의 코멘트 : 조금 부끄럽지만 열심히 해볼게요. 응원 부탁드려요♪

"……저기."

"……왜 그래?"

"체중이나 스리 사이즈 같은 건 내가 적어야 하는 거야? 직접?"

"으음, 아직 카토의 정확한 신체 정보를 확보하지 못했거든."

"이런 걸 성희롱이라고 하지 않아?"

"무슨 소리 하는 거야. 카토는 미소녀 게임의 히로인이 될 거잖아? 개인 정보 같은 걸 신경 쓰면 어떻게 해."

"……태클 걸 부분이 한두 군데가 아니지만, 일단 이것부터 물어볼게. 왜 본인의 코멘트 부분에 내가 하지도 않은 말이 적혀 있는 거야? 게다가 ♪까지 붙어 있잖아."

"나는 네 마음을 대변했을 뿐이야."

"……아키 군이 무슨 말도 안 되는 짓을 하든, 내가 다 용서해줄 거라고 확신하는 거지?"

"나는 카토처럼 상냥한 애를 정말 좋아해."

"아키 군이 철면피라는 사실을 계산에 넣지 못했네."

"거봐. 역시 화도 안 내고 부끄러워하지도 않잖아. 정말 카토는 최고야!"

"나랑 뜨거운 밤을 보내지 않겠어?"라고 말해도 농담으로 치부할 것 같군.

뭐, 그런 점이 문제지만 말이야.

이럴 때는 화를 내거나 눈물을 흘려서, 상대가 죄책감이나 보호 본능을 느끼게 하는 편이 압도적으로 효과적인데……. 미소녀 게임 안에서는 말이야.

"저기, 카토……. 나와 같이 목표로 삼아보지 않을래?"

"뭘 말이야?"

"미소녀 게임 히로인."

"……."

"귀엽고, 개성적이고, 매력적이며, 게임을 플레이해본 이들 모두가 『마누라』로 삼고 싶어 할 만한, 최고의 히로인이 되고 싶지 않아?"

"미안. 아키 군이 무슨 말을 하는 건지 모르겠어."

"뭐, 주저하는 것도 무리는 아냐. 나도 약간 폭주 중이거든."

"그럼 브레이크를 밟는 게 어때?"

"그래도, 그래도, 나는……!"

"아, 아키 군……?"

"나는 카토를 히로인으로 삼고 싶어. 카토 메구미라는 여자애가 메인인 게임을 만들고 싶단 말이야!"

나의 뜨거운 열의가 담긴 외침을 들은 카토는 멍한 표정 위에 희미하게나마 의문이라는 감정을 드리운 채 나를 바라보았다.

"……왜?"

참고로 우리는 현재 등교 중이다.

"아키 군이 어제 말했지? 내 개성은 이미 사망했다고 말이야. 어중간하다고도 말했었잖아."

그래도 문제없다. 조례 시작을 알리는 예비 종이 울릴 때가 다 되어서 그런지, 우리 주위에는 동급생이 한 명도 없었다.

……아니, 문제없지는 않나.

"그런데 왜 아키 군은 나에게 매달리는 거야?"

"그건……."

만난 그 순간부터 끌렸다.

재회한 순간, 꿈이 산산조각 나고 말았다.

하지만, 포기하지 못했다.

몇 번 눈을 감아도, 그때의…….

새하얀 원피스를 입은 네 모습이 눈앞에 어른거렸다.

그리고 그 모습과, 눈앞에 있는, 교복을 입은 네가 겹쳐졌다.

……그 녀석 옆에서 미소 짓고 있는, 네 모습과 겹쳐졌다.

나의 이 마음을, 더는 속일 수 없다.

설령 네 눈동자에 내가 비치지 않을지라도.

그래서 증명하고 싶은 것이다.

우리의, 그 벚나무 아래에서의 만남이, 옳았다는 사실을.

너에게 있어서도, 나에게 있어서도, 그것은 운명이었다는 사실을.

내가, 너라는 여자를, 연인으로 만들 수 있는 가능성이 있다는 것을.

네가, 나라는 남자를, 남자로서 봐주는 날이 올지도 모른다는 것을.

"—라는 내용이 담긴 주인공의 독백이 다음 페이지에 있는데, 어때?"

"아키 군. 진짜로 나를 끌어들일 생각이 있기는 한 거야?"

"으음, 역시 옛날 남자를 넣는 건 좀 그렇겠지? 처녀성애자들이 들고 일어설지도 모르니까……."

"아키 군이 무슨 말을 하는 건지 정말 모르겠어."

결국, 오늘의 교섭은 그렇게 흐지부지하게 끝나고 말았다.

왜냐하면 그로부터 몇 초 후에 들려온 예비 종을 들은 우리는 새파랗게 질린 얼굴로 학교를 향해 뛰어갔기 때문이다.

뭐, 그래도 나는 비관하지 않았다.

하루 이틀 만에 그녀를 설득할 수 있을 거라고는 꿈에도 생각하지 않았기 때문이다.

설령 몇 주, 몇 달이 걸리더라도, 매일같이 끈질기게 매달려서 카토가 나를 돌아보게 하고 말겠다.

카토. 나는 절대 포기하지 않을 거야…….

※ ※ ※

그리고 다음 날 아침.

"참, 아키 군. 어제 생각해봤는데 말이야. 나, 아르바이트나 부활동 같은 것도 안 하고, 남는 시간에 죽어라 공부할 생각도 없어. 그래서 방과 후에는 좀 한가할 것 같으니까, 한번 같이 해보자."

"카토, 너…… 아무리 꼬시기 쉬운 애라도 그렇지, 좀 정도라는 게 있어야 하는 거 아냐?"

우리의 미소녀 게임 제작 서클은 이렇게 결성되었다.

제3장

하느님께서는 가장 먼저 템플릿을 창조하셨다(전편)

"죄송해요."

"윽……."

방과 후의 미술실에 쏟아지는 저녁노을은 어느새 복도에까지 미치고 있었다.

"선배를 싫어하는 건 아니에요."

"아, 으, 응."

그 붉은빛을 받아 황금색으로 빛나는 머리카락은 염색이 아니라 선천적으로 타고난 것이기는 하나, 그녀의 당당한 성격을 확연하게 나타내고 있는 것처럼 보였다.

"하지만 지금은 이번 전람회에 낼 작품에 대한 생각으로 머릿속이 가득 차서, 그러니까……."

"그, 그렇지~? 2년 연속 입상이 걸렸으니까 말이야. 미안해. 이렇게 중요한 시기에 나……."

"아, 아뇨……. 정말 죄송해요."

왜냐하면, 나는 알기 때문이다.

저 녀석…… 아니, 그녀가 고등학생들이 참가하는 전람회 때문에 궁지에 몰릴 리가 없다는 사실을.

문화제든, 전람회든, 인쇄소 마감이든, 작품의 완성도가 납득하지 못할 수준이라면 한 치의 주저도 없이 기한을 어길 만큼 대담한 녀석이라는 사실을.

"그, 그럼, 보류한 걸로 해줘!"

"아……."

"전람회가 끝난 후, 다시 한 번 생각해줬으면 좋겠어. 어때?"

"……."

"안, 될까?"

"……."

"사, 사와무라…… 양?"

그리고 나는 안다.

침묵에 잠긴 그녀에게서, 엄청난 분노가 배어 나오고 있다는 사실을…….

"윽…… 있었어?"

"그래."

방과 후의 미술실에 쏟아지는 저녁노을은 어느새 복도에까지 미치고 있었다.

결국 마지막 순간까지 처절하게 무시당한, 목숨 아까운 줄도 모르고 세상 물정도 모르는 선배가 고개를 푹 숙인 채 미술실에서 나가고 5분 정도 흘렀다.

그동안, 이 녀석은 충격을 받은 연상 남성을 배려하기는 커녕 아무 일도 없었다는 듯이 미술 도구를 정리했다. 그리고 준비실 문을 잠그고 하교 준비를 마치고 콧노래를 부르면서 미술실 밖으로 나왔다.

"그런데, 봤어?"

"뭐, 지나가다 우연히 봤지."

"어디서부터?"

""사와무라, 할 이야기가 있어. 무슨 일이 있어도 꼭 해야만 하는 중요한 이야기야." 부분부터."

"어머나~. 우연이라고 말씀하셨사오나, 처음부터 끝까지 하나도 남김없이 전부 훔쳐보셨사옵다니, 그리 좋은 취미라고는 말씀드릴 수 없을 듯하옵나이다~."

"어이, 이상한 존댓말로 말하지 마."

그렇게 말한 순간, 이 녀석의 황금색 머리카락이 휘날렸…… 아니, 공기 가르는 소리가 들릴 것 같을 만큼 날카롭게 흔들렸다.

양쪽으로 나눠 묶어서 그런지 원심력이 장난 아니었다.

"그런데 무슨 일이야? 할 이야기가 있으면 짤막하게 해. 어머나, 유감이지만 제한 시간이 지나고 말았네. 그럼 다음에 봐.”

“인마, 제한 시간이 0.5초밖에 안 되는 거냐?! 그렇게 짧은 시간 안에는 딴죽 한 번 제대로 날릴 수 없단 말이다!”

“네가 하려는 말은 어제 다 들었어. 내가 하고 싶은 말은 어제 다 했지. 그러니 대화의 여지가 없을 것 같은데?”

그렇다. 오늘이라는 날은 어제의 미래…….

잔인하게 내 기획을 거절당했던, 프레젠테이션(프롤로그)의 다음 날인 것이다.

“그, 그래도 너희의 의견을 반영해 기획서를 뜯어고쳤단 말이야. 이번 기획서의 중요 포인트만 집어서 설명하자면…….”

“『내가 하고 싶은 말은 어제 다 했다』고 방금 말했을 텐데?!”

“우, 우왓…….”

내가 더는 말을 붙이지 못하게 하려는 것처럼, 원심력이 실린 황금색 머리카락이 나를 향해 날아왔다.

아니, 정확히 말하자면 내 볼에 적중했다. 무지막지하게 간지러웠다.

“그리고, 할 줄 아는 게 아무것도 없는 무능력자가 디렉터랍시고 인터넷에서 멤버를 모집하기에 연락했더니, 보수는 없다고 떠들어대면서 자기 머릿속에 있는 망상을 늘어놓았을 뿐만 아니라, 아무것도 안 만들면서 진탕 놀아대기

만 하다가 상대가 여자인 걸 알고는 어떻게든 꼬셔보려고 발악하는 놈이 나는 정말 싫어.”

“대사가 길 뿐만 아니라 너무 구체적이라서 네 경험담처럼 들리는데?!”

이 녀석도 옛날에 별의별 일을 다 경험했나 보군…….

“너 때문에 짜증 나는 옛날 일이 생각났으니까 돌아갈래. 잠이나 자면서 전부 잊어버릴 거야.”

역시 경험담이었구나…….

“그럼 다음 주에 봐.”

“아, 자, 잠깐만.”

“또 뭐야? 나는 할 이야기가 없다고—.”

“일전의 그거, 완결 나서 가져왔어. 주말에 기분 전환 삼아 보는 건 어때?”

“……흥.”

내가 마지막에 한 말을 이해한 걸까, 못 한 걸까…….

날카로운 눈길로 나를 쏘아본 후 뒤돌아선 그녀는 당당한 걸음걸이로 복도 한가운데를 걸었다.

“……흥, 이라.”

사와무라 스펜서 에리리.

미술부 에이스이자 우리 학교 제일의 가짜 프린세스는 오늘도 무지막지하게 언짢아 보였다.

※ ※ ※

"자, 여러분은 꿈과 희망으로 가득한 금요일을 어떻게 보내고 계신지요~!"

"약속 시간보다 늦게 와놓고 그런 소리를 하는 건 좀 그렇지 않아?"

내가 약속 장소인 시청각실에 도착해보니, 카토는 문을 잠근 후 교무실에 열쇠를 갖다놓으러 가고 있었다.

"아~ 미안 미안. 교실을 나서는데, 드세기로 유명한 우리 반 반장이 "어딜 도망가! 이 청소 당번 자식아~!"라고 외치면서 쫓아오더라고~."

"아무튼 이미 문 잠갔으니까 오늘은 서클 활동 쉬는 거지?"

"……늦어서 정말 미안해."

약간 바람둥이 기질이 있고 여자를 밝히는 편이지만 어째선지 미워할 수 없는 미소녀 게임 주인공이 할 법한 인사를, 카토는 깔끔하게 흘려 넘겼다.

뭐, 겨우 10분 늦었다고 주인공을 내버려 두고 돌아가 버리려고 하는 안티 미소녀 게임 히로인에게 이런 식의 대응이 통할 리가 없지.

"아, 하지만 말이야. 그래도 모든 멤버가 다 모였으니까 앞으로 어떤 식으로 진행해나갈지에 대해 이야기를 나누지 않겠어?"

"전원이라는 말이 약간 궤변처럼 들리지만…… 좋아. 일전에 같이 갔던 카페에 갈까?"

"그거 좋은 생각이야. 같은 가게니까 배경 일러스트 양을 줄일 수 있거든."

"……무슨 말을 하는 건지는 모르겠지만, 그럼 가자."

"아. 나는 로커 좀 확인해보고 올게."

"그럼 교실에 들렀다 가자."

내 말을 들은 카토는 고개를 끄덕인 후, 왠지 가벼운 걸음걸이로 복도를 걸었다.

본격적으로 알고 지내게 된 지 일주일밖에 안 지났지만, 남들 눈에는 우리가 꽤 순조롭게 가까워지고 있는 것처럼 보일지도 모른다.

같은 반이 된 후로 자주 대화를 나누게 되었을 뿐만 아니라, 함께 서클을 만들고, 매일같이 단둘만의 시간을 가지고 있으니까…….

"그런데 뭔가 좋은 아이디어라도 생각났어? 멤버로 삼을 만한 사람이라도 찾은 거야?"

"……자, 여러분은 꿈과 희망이 산산조각 나고 온갖 계책이 모조리 다 실패로 돌아가 버린 금요일을 어떻게 보내고 계신지요~."

"계책이라고 할 만한 건 한 번밖에 안 썼잖아."

"하나를 보면 열을 안다는 말도 있잖아. 첫 번째 계책이 안 통한 걸 보면 다른 계책도 안 통할 게 뻔하다고."

"그건 단순히 포기가 빠른 것 같은데?"

그리고 눈앞에 존재하는 고난을 함께 극복할…… 생각은 없는 것 같다.

우리가 본격적으로 알고 지내게 된 뒤로 일주일이라는 시간이 흘렀다. 그리고 그동안 우리 사이에서는 평범한 친구라는 관계가 정착되어갔다.

"어쨌든 끈질기게 매달려 보는 수밖에 없을 것 같아."

"설마 아직도 사와무라 양과 카스미가오카 선배를 포기하지 않은 거야?"

"그 두 사람이 한 번에 OK해줄 거라고는 처음부터 생각하지 않았거든."

어제 했던 프레젠테이션의 결과는 그야말로 참담했다.

그 프레젠테이션이 끝난 후 나에게 돌아온 것은 부정, 매도, 의문, 연민의 사중고(四重苦)였던 것이다.

현기증이 날 만큼 높은 벽이 우리 두 사람을 가로막고 서 있었다.

"뭐, 그래도 우선 그 두 사람을 끌어들이지 않으면 시작조차 할 수 없다고~."

"바로 그게 문제야, 아키 군."

"그게 무슨 소리지? 카토 양."

"처음부터 허들을 너무 높게 잡은 것 아닐까?"

"하지만 우리 둘이서는 게임을 만들 수 없잖아."

뭐, 혼자서 동인 게임을 만드는 사람도 있지만, 그러려면 적어도 시나리오와 원화와 스크립트를 제작할 줄 알아야 한다. 시나리오도 원화도 스크립트도 제작할 줄 모르는 우리 둘은 그 조건을 통과할 수 없는 것이다.

……역시 무리한 기획이었던 걸까?

"아무리 그래도 그렇지, 왜 그 두 사람을 끌어들이려는 건데?"

"뭐가 이상해? 실력으로 본다면……."

"그 두 사람은 속된 말로 노는 물이 다르잖아."

"노는 물?"

"안 그래? 사와무라 양은 미술부의 에이스이고, 카스미가오카 선배는 전교 1등을 밥 먹듯이 하는 우등생이란 말이야."

"……아, 그 말이구나."

아하. 다른 사람들은 그 두 사람을 저렇게 평가하고 있구나…….

"확실히 사와무라 양은 그림을 잘 그리고, 카스미가오카 선배는 문장 실력이 뛰어날 것 같긴 해. 하지만 아키 군과는 다른 의미에서 유명인인 그 두 사람이 이런 오타쿠 서클에 들어올 리가 없잖아."

"뭐, 확실히 유명인이기는 하지만……."

아무래도 나와 카토는 그 두 사람에 대해 전혀 인식이 다른 것 같았다.

하긴, 그 두 사람의 "본성"을 모른다면 그런 인식을 지니는 것도 무리는 아니겠지.

……정말 골치 아픈 녀석들이라니깐.

"그 이전에 말이야. 우리 서클에 끌어들이려고 하는 사람이 하나같이 여자인 것도 좀……."

"……."

교실 앞 복도에 도착한 나는 카토의 시야를 가리듯 서면서 몰래 로커를 열어봤다.

"역시 아키 군은…… 으음, 그러니까…… 미소녀 게임 중독자? 아무튼 그거인 것 같아."

"……."

그리고 오늘 아침 로커에 넣어둔 1킬로그램 이상 나가는 아이템이 사라졌다는 사실을 확인한 후…….

"뭐랄까, 2차원 속에나 존재하는 말도 안 되는 이상(理想)을 현실에서 이루려 한다고나 할까……."

"저기, 카토."

"아, 내 말이 너무 심했어? 미안……."

"내일, 우리 집에 놀러오지 않겠어?"

"……뭐?"

카토를 『회상 장면에서 자주 나오는 배경 장소』(내방)로 초대했다.

※ ※ ※

그리고 토요일.

"많이 기다렸지~?"

"……왔구나."

카토는 약속 장소에 3분 정도 늦게 도착했다.

"날씨가 맑아서 다행이야~. 일기 예보에서 날씨가 흐릴 가능성도 있다고 해서 걱정했거든."

"그랬구나."

어제 내가 꽤 갑작스러울 뿐만 아니라 여러모로 의미심장한 제안을 하자, 카토는 몇 초 동안 볼에 손을 댄 채 생각에 잠겼다.

그리고 잠시 후, 그녀는 꽤 여유로운 표정을 지으면서 "응. 좋아~."라고 말했다.

그것은 나에게 있어…… 아니, 나 아닌 다른 사람에게 있어서도 상당한 쾌거일 것이다.

알고 지내게 된 지 겨우 일주일밖에 안 된 이성 친구를 집으로 초대하는 것은 오타쿠다운 행동과는 거리가 멀어도 한참 멀었다.

보통은 이런 전개를 통해 중요 플래그가 세워지겠지만…….

“흐음~. 아키 군의 집은 이 부근에 있구나. 나도 때때로 이 부근을 지나가.”

“알아.”

“그래? 참. 그러고 보니 이 근처에서 내 모자가 날아갔었지.”

“……하아.”

지금 생각난 거냐.

일부러 버스 정류장조차 근처에 없는 이곳을 약속 장소로 잡기까지 했는데…….

“아키 군, 좀 졸려 보이네. 심야 애니메이션이라도 본 거야?”

“뭐, 그래. 그리고 애니메이션을 본 후에 바로 신문 배달하러 갔지. 아, 그래도 집에 돌아온 후에 잠깐 눈 좀 붙이긴 했어.”

“아키 군은 보기와는 달리 노력파구나. 노력하는 이유가 남들과는 조금 다르지만 말이야.”

“……”

기억 못 하는구나.

네 모자 주워줬을 때, 내 자전거에는 신문이 가득 실려 있었다고.

"정말 피곤해 보여."

"응……. 방금 갑자기 피곤이 몰려왔어."

"괜찮아? 오늘은 그냥 돌아갈까?"

"아니, 괜찮아. 그것보다 그 옷……."

"아, 이 옷? 지난주에 산거야. 날씨가 꽤 따뜻해진 것 같아서 봄옷을 좀 샀어."

"그랬구나……."

그녀는 밝은 색깔의 카디건과 바지를 입고 있었다.

확실히 봄 느낌이 물씬 나는 복장이었다.

나 같은 녀석을 만나러 오면서 패션에 신경썼다는 점은 높이 산다.

하지만…….

"안 어울려?"

"아니, 잘 어울려. 활동적인 느낌이 꽤 괜찮은걸?"

"고마워. 이 옷, 움직이기 편해서 나도 꽤 마음에 들어."

"그래……. 다행이네."

그래. 그때 입었던 흰색 원피스는 겨울옷이었구나.

뭐, 그런 것까지 바라는 건 좀 오버라는 것은 안다.

하지만 뭐랄까, 아련한 추억을 떠올리게 해주는 것도 나쁘지는 않을 것 같은데…….

그리고 이 짧은 대화 중에 플래그를 세 개나 꺾어버리는 것도 좀…….

"……정말 괜찮아?"

"무, 물론이지. 그럼 우리 집으로 가자."

"아, 응. 실례하겠습니다~."

"우리 집에 가려면 10분은 더 걸어야 해. 자, 그럼 이 언덕을 올라가자."

"아~. 아키 군의 집은 이 언덕 위에 있구나. 이 언덕, 올라가는 건 정말 힘든데~."

이 여자, 오타쿠의 망상을 자극하지 않는 데 있어서는 정말 견줄 사람이 없을 것 같네!

나, 갑자기 자신감이 생겼어.

오늘 무슨 일이 있어도 우리 집에 놀러온 카토를 절대 덮치지 않을 자신감 말이야.

"좀 난장판이지만 대충 앉아."

"응. 그럼 실례하겠습니…… 와아, 전형적인 오타쿠 방이네."

"그래. 나도 그런 전형적인 존재가 되고 싶어."

"그런 소리가 기분 나쁘게 들리지 않는 것도 아키 군의 인덕 덕분이겠지?"

"그래. 나도 더욱 덕을 쌓아서 대형 베개 커버를 실체화시키는 힘을 손에 넣고 싶어."

"……저기, 미안하지만 방금 그 말은 좀 혐오스러웠어."

뭐, 어느 정도 예상하기는 했지만…….

카토 메구미는 내 방에 들어온 후에도 평소와 다름없었다.

긴장한 목소리로 "와아, 이 방 정말 덥네~."라고 말하면서 창문을 연다든가, 실수로 침대에 걸터앉았다가 "미, 미안해!"라고 외치면서 벌떡 일어난다든가, "자아, 보물은 어디 있으려나~."라고 말하면서 에로 만화책이나 음란 DVD를 찾으려는 기색이 전혀 없었다.

아, 마지막 상황은 걱정할 필요가 없지. 내 방에 그런 성인 콘텐츠는 없으니까 말이야.

"뭐, 일단 미소녀 게임이나 하면서 놀아. 아, 에로 게임은 없으니까 걱정하지 마."

"뭐가 일단이고 뭘 걱정하지 말라는 건지는 모르겠지만, 한번 해볼게."

그래서 나도 집에 오타쿠 친구를 초대한 것처럼 편안하게 그녀를 대하기로 했다.

게임이라면 히로인 한 명 클리어. 애니메이션이라면 한 시리즈 모든 화 시청 완료가 귀가 조건이다.

그렇다. 그것이 우리 집에 놀러 온 이가 반드시 달성해야 하는 조건인 것이다…….

『오늘은 즐거웠어. 다음에 또 같이 놀자.』

『그럼 이만 갈게.』

"멤버를 모으는 건 좋아. 게임을 만들기 위해서는 많은 사람들이 필요하다는 건 나도 알거든."

"PC 미소녀 게임은 그렇게 많은 인원이 필요하지 않아. 상업 게임 회사 중에도 작은 곳은 두세 명이서 게임을 만들기도 한다고."

"하지만 적재적소라는 말이 있잖아. 그걸 무시하고 아키 군의 여성 취향만으로 멤버를 뽑는 건……."

"그럼 대체 어떤 녀석들이면 괜찮은데?"

"으음. 몸집이 크고, 겨울에도 땀을 흘리고, 머리띠를 항상 매고 있고, 다른 사람을 『씨』나 『님』 같은 호칭을 붙여서 부르고…… 아, 그리고 말끝마다 이상한 단어를 붙여가며 말하는……."

"그런 녀석들을 멤버로 영입할 생각은 눈곱만큼도 없어. 그러는 카토는 그런 녀석들이랑 함께 게임을 만들고 싶어?"

"으음~. 싫지만 어쩔 수 없지 않아? 아키 군이 속한 업계는 그런 사람들에 의해 유지된다면서?"

"네가 상냥한 애인지 잔인한 애인지 이젠 정말 모르겠어."

『오늘 정말 즐거웠어~. 다음에 또 같이 놀자. 약속한 거다?』

『그럼 같이 돌아가자.』

"그래도 중요한 건 의욕 아닐까?"

“우리에게 필요한 건 의욕과 능력이야. 그리고 둘 중에서 능력 쪽이 더 중요해. 오합지졸을 모아봤자 아무것도 못 하거든.”

“그건 그렇지만…….”

“그리고 용모나 성격, 성별 같은 건 딱히 신경 쓰지 않았어. 그런 평가 기준에 따라 멤버로 뽑은 사람은 카토뿐이야.”

“그런 평가 기준에 따라 뽑지 않은 사람들이, 그런 평가 기준에 따라 뽑은 사람보다, 그런 평가 기준에 비춰볼 때 상위인 것도 문제라고 생각해.”

“카토는 이런 대사에 전혀 반응하지 않는구나.”

“그런데 이 게임, 일러스트가 조금 오래된 느낌이네.”

“꽤 오래된 게임이거든. 고전 명작이라는 거야.”

『오늘 정말 피곤했어.』

『그럼 이만 가볼게. 안녕.』

“하지만 오타쿠 입장에서 보자면 그 두 사람은 아마추어니까, 역시 무리—.”

“그 녀석들이 아마추어라고 언제부터 생각했어?”

“응? 무슨 소리야?”

“……고정 관념에 사로잡혔구나, 카토.”

“그, 그게 무슨…….”

"너, 방금 선택지 잘못 골랐어."

"뭐? 언제부터 게임 이야기를 하고 있었던 거야?"

"네가 고른 그 선물 때문에 호감도가 1포인트 깎였어."

"뭐~?! 여자애에게 뭘 선물할지 고민된다면 그냥 액세서리를 선물하면 되는 것 아니었어?!"

"여성의 가치를 떨어뜨리는 발언 좀 자제해."

"게, 게임 속 히로인이니까, 단순할 거라고 생각했는데……."

"……."

"아키 군?"

"자, 일단 게임 플레이를 중단하고, 휴식&설교 타임을 가지자."

"휴식은 그렇다 치고, 웬 설교 타임?"

"카토. 너는 미소녀 게임의 히로인이 어떤 존재인지 눈곱만큼도 이해하지 못했어. 그녀들은 단순한 기호도, 특정 장면에서 특정 선택지를 고르면 같은 반응을 보이는 단순한 장치도 아냐. 따뜻한 피가 흐르는, 현실의 여성보다 더 매력적인 인간 그 자체라고! 앞으로 미소녀 게임의 히로인이 될 예정인 네가 그런 기본적인 것도 모르면 어떻게 해!"

"……하다못해 차라도 내온 후에 설교를 해."

『자, 이러면 안 춥지?』

『와아, 멋져……. 화이트 크리스마스야.』

"아키 군의, 누구 앞에서도 움츠러들지 않는 점은 장점이라고 생각했지만, 그래도 어느 정도는 상대를 고르는 편이 좋을 것 같아."

"……."

"아무리 그래도 사와무라 양은 아냐. 그녀가 어떤 사람인지 알잖아?"

"……."

"아키 군?"

"아, 미안. 디스플레이 너머의 세상에 잠시 갔다 왔어."

"……그랬구나."

"우리, 조금 전까지 무슨 이야기를 하고 있었지?"

"사와무라 양 말이야. 2학년 G반의 사와무라 에리리 양."

"사와무라 스펜서 에리리 말이구나. 그녀는 영국식 성(姓)도 가지고 있어."

"그녀는 미술부의 에이스잖아? 작년에 입학하자마자 시(市) 전람회에서 입선해서 화제가 됐던 거 기억해?"

"그 녀석의 실력이면 시 박람회에서 입선하는 것 정도는 식은 죽 먹기일걸?"

"응? 그뿐만 아니라 부잣집 아가씨에, 아버지가 외교관이라는 소문도 들은 적 있어."

"맞아. 아버지가 영국 출신의 외교관이라는 건 사실이지만, 카토가 상상하는 이미지와는 전혀 다를 거야."

"응?? 하지만 그런 점을 자랑하지도 않고, 남들에게 상냥하잖아. 게다가 아름다운 외모 덕분에 동급생뿐만 아니라 선배들 사이에서도 인기가 좋대. 사와무라 양을 보기 위해 그녀의 반을 기웃거리는 신입생도 부지기수라던걸?"

"으음, 그 녀석의 은폐 능력은 고등학생이 되고나서 거의 완벽에 도달했으니까 말이야."

"응??? 저기, 아키 군?"

"카토."

"으, 응. 왜?"

"지금 네가 플레이 중인 게임에는 여러 히로인이 나오지?"

"갑자기 무슨 소리를 하는 거야?"

"문과 계열, 이과 계열, 예술 계열, 체육 계열, 귀가부…… 버라이어티 하지 않아?"

"뭐, 히로인이 많기는 해."

"그중에는 공략하기 쉬운 히로인도 있고, 어려운 히로인도 있어."

"맞아. 주인공의 파라미터와의 관련성을 눈치챌 때까지 고생했어."

"하지만 변치 않는 사실이 하나 존재해……."

"으음, 그게 뭔데?"

"그건…… 그 모든 히로인이 공략 가능하다는 점이야."
"뭐, 뭐어?"
"소꿉친구인 그 애도, 매니저인 그 애도, 그리고 미술부인 그 애도!"
"그러고 보니 이 게임 안에도 미술부인 히로인이 있긴 하네……."
"그뿐만이 아냐! 짜증 나는 남자라고 생각했던 그 애도! 3년 동안 복도에서 부딪혔던 그 여자애조차도!"
"왠지 이야기의 핀트가 어긋나고 있는 것 같은데?"
"아니, 그렇지 않아! 내가 하고 싶은 말은, 인간이란 존재는 의욕과 정열만 있으면 뭐든지 할 수 있다는 거니까!"
"그래도 미소녀 게임에는 정답이 존재하지만 현실에는 정답이 존재하지 않아."

『이렇게 나의 고교 생활은 막을 내렸다.』
『3년 동안 별다른 일은 딱히 없었구나.』
"……."
"……."
"……현실뿐만 아니라 게임 속에서도 잘 안 풀렸네."
"역시 2학년 봄 데이트 때 고른 선택지 때문인가……."
"현실의 계절과 묘하게 겹치는 게 왠지 불길한 느낌이 들어……."

3년간의 고교 생활을 끝마친 나와 카토는 화면에서 흘러나오는 애절한 남성 보컬 송을 들으면서 여운에 잠겨 있었다.

문뜩 밖을 쳐다보니, 창밖의 경치가 어느새 어둠에 휩싸여가고 있었다.

즉, 거의 대여섯 시간 동안 내 방에서 단둘이 있었던 것이다.

"시간이 벌써 이렇게 되었네……. 나, 이만 돌아갈게."

"아……."

카토는 그렇게 말하면서 자리에서 일어났다.

처음으로 여자애를 집으로 불러 단둘이서 같은 시간을 보낸다고 하는 중요 이벤트는, 오타쿠 동정 고교생 주인공인 나답지 않게 순조롭게 진행됐다.

게임 컨트롤러를 빼앗거나 떠넘기려는 과정에서 몇 번이나 서로의 손이 닿았고, 공략법과 히로인 속성에 관해 뜨거운 대화를 나누면서 소중한 시간을 공유했다.

"오늘 정말 고마웠어. 생각했던 것보다 훨씬 즐거웠어."

그러니까 오늘은 이 정도로 충분…….

"그럼 잘 있어."

"잠깐만."

"뭐?"

"한 사람 클리어 할 때까지는 안 돌려보낼 거라고 말했을 텐데?"

"그래서 방금 엔딩까지……."

"방금 그건 BAD엔딩이야. 노카운트라고."

아니, 충분하지 않다.

아직 아무것도 시작되지 않았으니까 말이다.

"하지만 좀 있으면 일곱 시잖아. 밖은 이미 어두컴컴해졌어."

"아, 걱정하지 마. 우리 부모님, 오늘은 한밤중에나 돌아오실 거니까 말이야."

"그 말 들으니 더 걱정 되거든?!"

이것은 우리 서클을 위해 꼭 필요한 일이다.

피해서 지나갈 수는 없는, 험난한 길인 것이다.

"약속했잖아, 카토……. 가지 마."

"아, 아키 군……."

"부탁이야!"

나는 그렇게 말한 후, 카토를 지그시 바라보았다.

말도 안 되는 소리를 하고 있다는 것은 안다.

오해를 살 수도 있는, 그리고 억지나 다름없는 발언이라는 것도 안다.

그래도, 나는…….

"응, 좋아. 집에는 오늘 좀 늦을 수도 있다고 말해뒀으니까 조금만 더 있다 가도 괜찮을 거야."

"저, 정말 괜찮은 거냐?!"

이런 상황에서도 주저하기는커녕, 태연하게 남자 집에 남으려 하는 카토도 좀 문제가 있다는 생각이 들었다.

이거, 내 총각 딱지를 좀 떼어달라고 부탁해도 화내기는커녕 오히려 오케이라고 하는 거 아냐……?

『너, 정말 근성이 넘치는구나! 나와 같이 고시엔을 목표로 열심히 해보자!』

"좀 전에 하던 이야기 말인데."

"응? 무슨 이야기?"

2회 차 플레이를 시작한 카토는 메인 히로인 대신 파란색 단발머리 여자애를 타깃으로 삼은 것 같았다.

"대체 어떻게 공략할 건데?"

"아, 일단 운동부에 들어가서 부활동만 열심히 하다 보면 자동으로 가까워질 거야."

"게임이 아니라 사와무라 양 말이야."

"……아하!"

아무래도 카토가 궁금한 것은, 공략 난이도가 카토와 비슷한 게임 속 히로인이 아니라, 공략 난이도가 후지ㅇ키 시ㅇ리도 울고 갈 정도인 현실 히로인의 공략법인 것 같았다.

"일전에 완벽하게 거절당했잖아. 더는 아키 군의 이야기를 들어주지 않을 것 같은데?"

"뭐, 상대는 그럴 생각일지도 몰라. 핸드폰도 착신 거부

상태거든."

"뭐……."

그리고 그 녀석이 착신 거부를 한 것은 이번이 서른여섯 번째다.

"그래서 다른 작전을 써뒀어. 이제 우리가 할 수 있는 것은 기다리는 것뿐이야."

어차피 자기가 불편해서 착신 거부를 풀 거면서 똑같은 짓을 또 하다니, 정말 질리지도 않는 녀석이다.

"그 녀석이 내가 보낸 사인을 보면, 분명 나를 찾아올 거야……."

"작전? 사인? 무슨 소리야?"

"으음…… 예를 들자면 말이야. 모에 게임 오타쿠에게『히로인이 너무 모에하고 귀여워서 죽겠다!』라면서 추천한 게임이, 실은『귀여운 모에 히로인이 죽어버리는』 딥다크한 게임이란 걸 그 상대가 알면 무지 화나겠지?"

"미안. 무슨 말을 하는 건지 잘 모르겠어."

"그럼……. 시나리오 중시 오타쿠에게『이건 진짜 눈물 나는 게임이야!』라면서 추천한 게임이, 실은 게임 진행조차 안 될 만큼 버그가 많아서 눈물 나는 게임이라면 분통 터지겠지?"

"눈곱만큼도 이해가 안 돼……."

"지금부터가 본론인데…… 호러를 싫어하는 녀석에게, 일부러 호러 작품을 빌려주면 무지막지하게 열받겠지?"

"본론이 가장 이해하기 쉬운 건 좀 문제 있지 않아?"

"그런 짓을 당하면, 빌려준 녀석에게 한 소리 해줘야 분이 풀리지 않겠어?"

"딱히 그렇지는 않을 것 같은데? 공짜로 빌려준 사람에게 화 내는 건 좀 그렇잖아."

"아니! 오타쿠들은 그러고도 남는다고!"

특히 딥다크한 게임을 빌려준 녀석에게는 전화로 세 시간, 직접 만나서 여섯 시간, 총 아홉 시간 동안 전심전력을 다해 욕설을 퍼부어 줬었지…….

"으, 으음, 그건 아키 군……을 비롯한 오타쿠들의 반응이니까, 사와무라 양은 그러지 않을지도……."

"……진심으로 그렇게 생각해?"

"뭐?"

"카토. 너는 진짜 에리리…… 사와무라 스펜서 에리리를 알기는 하는 거야?"

"좀 전부터 계속 신경 쓰였는데 말이야. 아키 군은 사와무라 양에 대해 너무 자세하게 아는 것 같지 않아?"

내가 무슨 말을 해도 가볍게 받아넘기던 카토가 이번에는 예리한 태클을 날렸다.

"……왜 그렇게 생각하는 건데?"

"그야 본명도 알고, 가족에 대한 것도 아는 데다, 옛날 일까지…… 내 생각이 지나친 거야?"

뭐, 여자의 감 같은 것과는 전혀 관련이 없는 것 같지만 말이다.

"좋아. 지나친 생각을 한 카토에게 재미있는 사실을 하나 더 가르쳐줄게."

나는 내 방 서쪽에 있는 창문으로 다가간 후, 창밖을 손가락으로 가리켰다.

"그 녀석의 집이 부자라고 방금 카토가 말했었지?"

"응. 하지만 그건 어디까지나 소문이야."

"그것도 사실이야. 저기 있는 커다란 저택, 보이지?"

"아, 언덕 위에 있는 저택 말이지? 우리 학교에서도 보이잖아."

"바로 저기가 에리리의 집이야."

"뭐?"

"그리고 우리 집이랑 같은 학군이기도 해. 그래서 저 집 애랑 우리 집 애는 언덕 밑에 있는 시마무라 초등학교와 시마무라 중학교에 다니게 되지."

"……어."

"뭐, 사립 학교에 들어갔다면 다른 학교에 다니게 됐겠지만, 사와무라 가문…… 정확하게 말하자면 스펜서 아저씨는 자식에게도 그런 특별 취급을 하지 않는 사람이거든."

"어? 어……."

그래서 옛날에는 이런저런 일이 있었지.

“그리고 지금 저 언덕 위에서 무언가가 빛을 뿜으면서 내려오고 있지?”

“으음…… 아, 진짜다. 뭐지? 자전거일까?”

“저건 아마…….”

지금쯤이면 머리에서 뜨거운 김이 마구마구 뿜어져 나오고 있겠지.

“아, 아키 군…… 이, 이 집 앞에 멈춰 섰어!”

“그래. 그런 것 같네.”

얼마나 서둘러 달려왔는지, 약 3초 동안 날카로운 브레이크 소리가 주위에 울려 퍼졌다.

“아, 아키 군…… 이, 이 집에 들어온 것 같아!”

“그래. 그런 것 같네.”

벽에 구멍이 나지는 않았을까 걱정이 될 만큼 거칠게 문을 여는 소리가 주위에 울려 퍼졌다.

비상용 열쇠는 현관 옆에 있는 화분 밑에 다시 넣어둔 걸까.

“아, 아키 군…… 이, 이 방을 향해 점점 다가오고 있어!”

“그래. 그런 것 같네.”

두 계단씩 뛰어올라오면서 내는 쿵쾅쿵쾅 소리가 집 전체에 울려 퍼졌다.

“아, 아키 군……? 계단에서 구른 것 같지 않아?”

"무리하기는……."

미끈, 쿵쿵쿵쿵쿵~ 하고 계단에서 굴러떨어지는 소리가 집 전체에 울려 퍼졌다.

으음…… 엄청 아프겠네.

"아, 아키 군…… 이번에는, 으음……."

"그래, 그런 것 같네. ……카토."

"응?"

"엎드려 있어."

이번에는 발을 질질 끌면서 계단을 기어 올라오는 소리가…….

마치, 뭐랄까, 그러니까, 으음…….

"이게 무슨 모에 배틀 애니메이션이야아아아아아아아아아아아~~~!!!"

너무나도 오타쿠틱한 고함 소리와 함께, DVD 케이스가 날아왔다.

제4장

하느님께서는 가장 먼저 템플릿을 창조하셨다(후편)

“이게 무슨 모에 배틀 애니메이션이야아아아아아아아아아아아아~~~!!!”

그 목소리가 들린 순간, DVD 케이스가 고속으로 회전하면서 내 얼굴을 향해 날아왔다.

쓰레기 같은 게임이나 쓰레기 같은 애니메이션을 접한 유저가 『CD로 프리스비나 했다』라는 표현을 쓰면서 그 작품을 디스하는데, 눈앞의 여자는 그 표현을 실제로 실행에 옮겼다. 그것도 케이스째로 말이다.

이런 녀석이 ″신품을 샀는데 히로인이 중고였다.″ 같은 소리를 하면서 미디어를 잘게 부순 후 제작사에 보내는 거겠지. 정말 통탄할 일이다.

“토, 토모야, 너…… 내, 내가 호러 싫어하는 거 알면서!”

“응? 『이것은 좀비입니까? 예. 조지 A 로메로의 명작입니다』가 마음에 들지 않은 거야?”

아아, 맞아……. 발을 질질 끌면서 계단을 올라오는 소리가 왠지 귀에 익다 했더니 좀비가 등장할 때 쓰는 효과음이랑 비슷했구나.

"게다가 왜 4권만 요 모양 요 꼴인 건데?! 3권까지는 전부 진짜였잖아!"

"덕분에 방심했지?"

게다가 3권은 엄청 중요한 장면에서 끝난다. 그것 또한 내 노림수였다.

"4권도 오프닝까지는 제대로 된 거였는데, 본편이 시작되자마자 그로테스크한 실사 장면이 줄곧 나왔단 말이야! 너, 잔인한 장면만 모아서 편집했지?!"

"그뿐만 아니라 DVD의 라벨도 내가 직접 만들었어."

진짜와 전혀 구분이 안 갈 만큼 완벽한 회심의 역작이다.

"왜 이딴 짓을 벌인 거야? 목적이 뭔데? 뭐 때문에 이런 바보 같고 유치하고 저능아들이나 할 법한 장난 같은 짓거리를 한 건지 빨리 말하란 말이야!"

"진정해. 그리고 방금 그 말은 "뭐 때문에 이런 바보 같은 장난을 했는가." 정도로 충분하다고."

너무 흥분한 탓에 같은 의미의 말을 연달아서 늘어놓고 있군.

"그리고 왜 내 전화를 착신 거부해놓은 건데?! 그래서 직접 올 수밖에 없었잖아! 네 집에는 두 번 다시 안 갈 생각이었는데!"

"네가 먼저 착신 거부했잖아. 피장파장이야."

게다가 두 번 다시는 안 갈 생각이었다는 것치고는 너무 자연스럽게 침입했잖아.

뭐, 현관 열쇠를 숨겨놓은 곳은 우리가 초등학생이었을 때와 같지만, 그것을 기억한다는 것은…….

"아아, 정말. 너무 화가 나서 머리가 다 아플 지경이야……."

"혹이 나서 아픈 거 아냐? 아, 구급상자 가지고 올까?"

"이 혹도 너 때문에 생긴 거잖아! 왜 그렇게 침착한 거야?!"

"뭐, 맞는 말이긴 해."

으음, 이 불합리한 분노…… 정말 강렬하군. 그리고 자기 속성에 맞는 전형적인 행동 양식에 완벽하게 따르고 있잖아.

하지만 전형적이라는 것은 양날의 검이다. 간단하게 그 캐릭터를 부각시킬 수 있지만, 너무 전형적으로 행동하기만 하면 쉽게 질릴 수밖에 없다는 딜레마를 지녔기 때문이다.

이 녀석도 평소에는 꽤 밸런스가 괜찮은 캐릭터지만, 이렇게 분노에 휩싸이면 흔하디흔한 불합리 캐릭터가 되어버리고 마는 것이다…….

"또 머릿속으로 멋대로 캐릭터 비판을 하고 있지? 뇌까지 미소녀 게임에 물들어 버린 인간아!"

"네가 초능력자 빰치게 내 마음을 정확하게 꿰뚫어 보니까 전형적인 소꿉친구 캐릭터가 되어버리는 거라고!"

바로 이런 식으로 말이다.

뭐, 10년 넘게 데레[#2]가 없었으니까, 입이 찢어져도 츤데레 소꿉친구 캐릭터라고는 할 수 없겠군.

"저, 저기, 아키 군?"

"……아. 무사했구나, 카토."

어이쿠. 몇 분 동안 카토를 까맣게 잊고 있었잖아.

"……저 사람, 대체 누구야?"

카토는 겁먹은 것처럼 오들오들 떨면서 내 등 뒤에 숨어 있었다.

……그런 귀여운 행동을 취하면서도, 표정만큼은 평소처럼 멍하기 그지없었다. 그 덕분에 그녀의 캐릭터성 자체는 딱히 흐트러지지 않았다.

"조금 전까지 저 녀석에 대해 이야기해놓고 다른 녀석이 나타났으면 완전 웃겼을 거야. 그리고 카토도 저 녀석이랑 1년 넘게 같은 학교를 다녔잖아. 못 알아볼 리가 없을 것 같은데?"

"아키 군도 1년 넘게 나와 같은 학교에 다녔으면서 나를 못 알아봤잖아."

#2 데레 처음에는 퉁명스럽게 굴지만 애정을 갖기 시작하면 부끄러워하는 모습을 보이는 캐릭터(ツンデレ, 츤데레)의 부끄러워하는 모습(デレ, 데레)을 가리키는 말.

“오오, 방금 그 태클은 꽤 괜찮았어.”

카토와 잠시 실없는 대화를 나눈 후, 나는 그녀가 바라보고 있는 소녀를 손가락으로 가리켰다.

“뭐, 다시 소개할게. 이 녀석은 나와 같은 초등학교, 중학교, 고등학교를 다닌 이웃사촌, 사와무라 스펜서 에리리야.”

“거짓말…… 사와무라 양이 저런 사람일 리가 없어.”

“현실을 직시하는 게 어때?”

하지만 믿지 못하는 것도 무리는 아니다.

평소 ″금발 하면 이 헤어스타일 아냐?″라고 주장하기라도 하는 것처럼 트윈 테일 모양으로 묶고 다니던 머리카락은 처절할 정도로 흐트러져 있었다.

수많은 여자애들이 동경하는 새하얀 피부에는 새빨간 멍이 들었다.

수많은 남자들을 매료한 푸른색 눈동자를 식인종처럼 부리부리하게 뜨고 있었다.

그리고 결정타는 시마무라 중학교의 마크가 가슴 언저리에 달린 체육복을 입었다는 점이다…….

“저, 저기, 토모야.”

갭모에조차도 불가능해 보이는 옷차림을 한 나의 소꿉친구는 그제야 이 방의 상황이랄까, 이 방 안에 있는 인원이랄까, 남녀 성 비율을 파악했는지 목소리를 낮추면서 나에게 물었다.

"……저 애는 누구야?"

"같은 학교에 다니는 같은 학년일 뿐만 아니라, 이틀 전에 한 번 소개했었는데……."

"역시 내 인상은 엄청 옅나 보네. 뭐, 아키 군에게 비슷한 취급을 당했을 때 깨닫긴 했어."

내 덕분에 이런 취급에 익숙해졌는지 카토는 별일 아니라는 반응을 보였다.

……메인 히로인이 이 상황에서 아무렇지도 않은 듯한 반응을 보여선 안 될 것 같은 느낌이 들지만 말이다.

"흐음……."

"저, 저기……?"

"잠깐! 움직이지 마!"

"아, 응."

카토가 차렷 자세를 취하자, 에리리는 그녀의 주위를 빙글빙글 돌기 시작했다.

"저, 저기, 아키 군……."

"나를 끌어들이지 마."

"그게 나를 끌어들인 사람이 할 소리야?"

평범한 개구리와 그 개구리 주위를 쉴 새 없이 돌며 무시무시한 눈빛으로 노려보는 호랑이 같은 저 두 사람 사이에 끼어드는 것은 자살행위 같은 느낌이 들었다.

"으음…… 왠지 사와무라 양이 나를 마구마구 노려보고

있는 것 같은데…….”

“신경 쓰지 마. 저 녀석, 엄청난 근시라서 저렇게 눈에 힘을 주는 거야. 그걸 숨기려고 학교에서는 콘택트렌즈를 착용하지.”

“저, 정말 그래서 이러는 거야? 그것만으로 이렇게…….”

“이렇게…… 뭐?”

“으윽.”

뭐, 신경 쓰지 말라고 말하기는 했지만, 카토의 기분이 이해되지 않는 건 아니다.

콘택트를 끼지 않은 에리리의 시력과 눈매는 그야말로 최악 그 자체이니까 말이다.

“흐음. 네가 토모야의…….”

“치, 친구예요.”

“친구든, 애인이든, 오타쿠 동지든, 잠자리 친구든, 나와는 전혀 상관없어.”

“저기, 마지막 그건 엄청 실례되는 말 같은데…….”

“신경 쓰지 마. 이 녀석, 실은 성격 엄청 더럽거든. 학교에서는 그걸 완벽하게 감추고 있지만 말이야.”

에리리의 성격이 얼마나 더럽냐면, 이마에 혹이 난 에리리를 위해 자신의 손수건을 물에 적셔 온 카토에게 고마움 같은 것은 눈곱만큼도 느끼지 않을 정도다.

평소에는 풍성한 황금색 모피 때문에 그녀가 입은 탈 인형의 지퍼가 보이지 않는 것뿐이다…….

"자, 설명은…… 안 해줘도 될 것 같네."

카토를 구석구석 핥듯이 관찰한 후에야 마음이 진정된 에리리는 마치 자기 방에 온 것처럼 편안한 자세를 취했다.

……외간 남자의 방에서 양반다리를 하는 것은 좀 그렇다는 생각이 들지만, 그냥 넘어가기로 했다.

"간단하게 말해, 토모야의, 편협할 뿐만 아니라 협소하기 그지없는 자기 위주의 욕망에서 태어난, 어리석을 정도로 우매하고 쓰레기 책략 같은 술책에 나는 또 놀아나고 만 거네."

마음이 좀 진정된 것 같은데도 또 같은 의미를 지닌 말을 늘어놓는군.

"그래도 오늘 내 메시지를 확인해줘서 다행이야. 네가 안 왔으면 카토를 우리 집에서 재워야 했을 거야."

"뭐? 나, 아키 군 집에서 자고 가야 했던 거야?!"

카토는 이제 와서 깜짝 놀란 듯한 표정을 지었다.

뭐, 제대로 알고 지내게 된 지 일주일밖에 안 된 남자의 집에 놀러 왔다가 "오늘은 돌려보내지 않겠어." 같은 말을 들은 거나 마찬가지니까 동요하는 것도 무리는 아닌가.

"카토 양, 이라고 했지? 쓸데없는 걱정은 할 필요 없어. 이 녀석, 여자애와 한 방에 단둘이 있게 돼도 밤샘 게임이나 애니메이션 마라톤 같은 것밖에 안 하거든."

"무슨 소리 하는 거야. 나도 이제 마○오카트 같은 걸로 밤샘 같은 건 안 한다고. 밤을 새워가며 연애에 대한 뜨거운 대화를 나눌 거란 말이다."

"장르가 미소녀 게임으로 바뀌었을 뿐이잖아."

에리리는 화면에 표시된 게임 화면을 모멸 섞인 눈으로 쳐다보았다.

"게다가 이렇게 오래된 게임을……."

"단순히 오래된 게임이 아니라 고전 명작이라고. 에리리도 이 게임에 푹 빠진 적 있잖아."

"초등학생 때 이야기잖아. 게다가 네가 한 명 클리어 할 때까지 집에 안 보내준다고 해서 억지로……."

"아키 군은 초등학생 때도 지금이랑 똑같았구나."

"미○링이 너무 사랑스러워서 그랬던 거대이……."

"와, 와아. 정말 귀여워……."

"이런 식으로 과거 로그를 뒤지면 몇 년 전 그림도 볼 수 있어. 그걸 체크하면서 화풍(畵風)의 변천사를 되짚어 보는 것도 꽤 재미있을 거야."

"쓸데없는 걸 가르쳐주지 마. 그림쟁이에게 있어 자신이 그린 옛날 그림이 남들에게 보여지는 것은 죽음보다 큰 고통이란 말이야."

"그럼 못 보게 지우면 되잖아."

"그러면 방문객 숫자가 줄어들 게 뻔하잖아. 당연한 것 좀 묻지 마."

"아, 예. 그렇습니까요……."

"사와무라 양은 이런 그림도 그리는구나……."

카토의 시선은 내 PC에 표시된『egoistic-lily의 페이지에 어서 오세요!』라고 적힌 페이지에 고정되어 있었다.

"지, 진짜 오타쿠였어……."

그것은 최신 인기 애니메이션이나 잘 팔리는 미소녀 게임의 히로인 일러스트가 잔뜩 있는, 모에와 유행에 완벽하게 편승한 홈페이지였다.

"토모야, 너, 두고 봐……."

"하, 하지만 증거를 보여주지 않으면 못 믿을 테니 어쩔 수 없잖아."

체육복 차림에 머리카락까지 엉망진창인 에리리를 보고도, 카토는 사와무라 스펜서 에리리가 여성 오타쿠라는 진실을 받아들이려 하지 않았다.

결국 에리리의 모든 정보를 제공해 컬처 쇼크를 받게 함으로써, 카토의 꼭 감은 마음의 눈을 억지로 뜨게 만드는 수밖에 없었던 것이다.

프로필

HN : 카시와기 에리

서클명 : egoistic-lily
성별 : ♀
생일 : 6월 25일
이벤트 참가 예정 : 4월 30일 COMIC☆닛치
A-26 egoistic-lily
『바이시클 H&H』 책 예정 (24페이지)

『에리』라는 HN, 즉 핸들 네임과 『lily』라는 서클명, 그리고 이 페이지를 본 에lily…… 에리리가 지은 언짢은 표정을 보고서야, 카토는 내 말을 믿었다.

"좋아하지도 않는 호러를 보게 한 걸로도 모자라서, 계단에서 구르게 만든 데다, 홈페이지까지 같은 학교 학생에게 공개하다니…… 너는 정말 최악의 쓰레기야."

표정만 봐도 알 수 있듯, 에리리는 완전히 토라질 대로 토라진 것 같았다.

"뭐, 너무 화내지 마. 자, 진짜 4권이야. 가지고 가."

"이건 원래 빌리기로 했던 거잖아. 이래서는 완전 손해란 말이야."

"……그리고 전권 구입 특전인 러프 화집도 줄게."

"서…… 설마, 순식간에 매진된 1권 초회 한정판에 동봉된 응모 엽서로만 살 수 있었던, 그 전설의 레어 아이템?"

"그래. 인터넷 옥션에서는 1만 엔을 가볍게 호가하는 가격에 거래되는 바로 그 녀석이야. 게다가 작화 감독의 캐릭터 러프까지 전부 들어 있지. 동인지 만들 때 엄청 도움될 것 같지 않아?"

"……왜 그런 보물을 나한테 주는 거야?"

"제대로 사과할 거면 그에 걸맞은 성의를 보여야 할 테니까……라는 생각도 없는 건 아니지만, 실은 보존용으로 한 세트 더 사뒀거든."

"여전히 이런 일에는 야비해 보일 만큼 빈틈이 없네……. 안 돌려줄 거야."

"좋을 대로 해."

"사와무라 양, 진짜로 오타쿠구나……."

그리고 『초회 한정』이나 『특전』 같은 것에 에리리가 낚이는 모습을 보고서야, 카토는 내 말이 사실이라는 것을 간접적으로 이해한 것 같았다.

"카토, 이제 알겠지? 학교에서는 순한 양인 척하지만, 남들 몰래 인기 장르나 작품의 동인지를 만들어서 돈을 왕창 긁어모으는 이 여자 오타쿠가 우리에게 얼마나 필요한 존재인지를 말이야!"

"으, 으음, 그건……."

"난 그냥 돌아갈래. 그리고 죽어버려."

"에리리, 무슨 수를 써서라도 너를 우리 동료로 만들고 말겠어! 너의 뛰어난 디자인 능력과 최신 유행 화풍을 금방

자기 것으로 만드는 재주를 구사하면, 별다른 특징 없는 카토조차도 초절정 모에 캐릭터로…….”

“으, 으음, 나같이 특징 없는 캐릭터를 모델로 삼으려면, 사와무라 양 같은 엄청난 실력자의 도움이 필요하다는 거네……?”

“라이트노벨이든, 미소녀 게임이든, 매상의 90%는 일러스트가 결정(한다는 이야기를 들은 적이 있음)하거든!”

“아키 군. 방금 그 말, 위로와는 거리가 멀어도 한참 멀어.”

“차라리 모델 없이 오리지널 캐릭터로 가는 편이 허들이 낮을 것 같지 않아?”

“아니, 그건 안 돼. 이 기획은 카토 때문에 시작된 거니까 말이야.”

“뭐, 나는 참가할 생각이 없으니까 아무래도 상관없어.”

“아니, 그것도 안 돼. 이 기획은 에리리가 도와주지 않으면 아예 시작조차 할 수 없거든.”

“완전 문제투성이 기획이잖아. 초대(初代) 스태프가 전부 회사를 때려치워서 브랜드명과 권리밖에 남지 않았는데도 뻔뻔하게 속편을 내놓는 모 회사를 보고 배워.”

“그만해! ″나는″ 그런 브랜드를 존경하지만 그런 점까지 배우고 싶지는 않아!”

“꺄아아아아앗~?!”

"윽?!"

"카, 카토, 왜 그래?"

나와 에리리가 속편 팬디스크 상법이 횡행……이 아니라 석권 중인 업계에 대해 격렬한 논쟁을 벌이고 있을 때, 카토의 비명이 들렸다.

"아, 아, 아키 군! 이 여자애, 몸에 모자이크 처리가 되어 있어!"

"우, 우왓?! 카토! 너, 『19세 이상입니까?』 버튼 눌렀지?!"

"하아~ 그런 것까지 보면 어떻게 해."

나는 카토가 손가락으로 가리키는 모니터 화면을 보았다. 그러자 조금 전까지 환한 미소를 머금은 채 모에한 포즈를 취하던 변신 히로인이 벌거벗은 채 투명 인간 두 명에게 샌드위치 상태에서 능욕 당하면서 침을 질질 흘리는 모습이 눈에 들어왔다.

"사, 사, 사…… 사와무라 양, 이, 이건……."

"그런 걸 묻는 건 매너 위반 아닐까? 카토 양."

"이런 걸 그린 사와무라 양이야말로 훨씬 매너를 위반한 것 같은데?!"

"무슨 소리 하는 거야? 미성년자가 19금 일러스트를 보는 건 법적으로 금지되어 있지만, 미성년자가 19금 일러스트를 그리는 건 법적으로도 아무 문제 없어."

"그럼 카토만 법을 어긴 거네. 하아, 미성년자면서 왜

『YES』를 누른 거야?"

"아, 아키 군까지 내 편 안 들어주는 거야?!"

뭐, 카토는 충격 받았을지도 모르지만, 이것은 카시와기 에리, 즉 사와무라 스펜서 에리리라는 이름의 동인 파락호가 지닌 또 하나의 진실이었다.

장르는 애니메이션 및 게임 계열.

하나의 장르에 깊숙이 파고드는 것이 아니라, 각 시즌에 인기 있는 타이틀에 유착해 장르 효과를 최대한으로 살리는 타입인 것이다.

홈페이지에는 기본적으로 매일 새로운 일러스트가 갱신된다.

그 덕분에 방문자 수는 하루 수만 명을 가볍게 넘어선다.

게다가 매달 이벤트에 참가해 돈을 마구 긁어모으고 있다.

지금은 코믹마켓에서도 벽서클[#3]의 자리를 차지했다.

그리고 그녀가 높은 인기를 유지하는 원동력은 전 연령 모에 일러스트만으로도 충분히 팔릴 실력을 지녔으면서 능욕물도 손대는, 그야말로 타협을 용납하지 않는 자세에 있다.

뭐, 나는 이 녀석이 그린 19금 일러스트를 본 적이 없다. 미성년자거든.

"하, 하, 하지만…… 19금 사이트를 운영하는 건……."

#3 벽서클(壁サークル) 벽 바로 앞에 있는 부스를 차지한 서클. 뒤편이 벽이라 장식을 할 수 있으며, 인기 서클들이 주로 벽 부스를 차지하기 때문에 인기 서클을 가리키는 척도로도 쓰인다.

"아, 걱정하지 마. 사이트 운영은 아빠가 해."

"뭐……."

"그리고 이벤트 때 판매원도 하시지……."

"뭐, 뭐어?!"

"카토, 내가 좀 전에 말했잖아. 네가 생각하는 이미지와는 다를 거라고 말이야."

에리리는 세간에서 말하는 것처럼 순수 배양 엘리트가 분명했다.

하지만 배양 과정에서 주어진 방향성이 너무나도 달랐다.

이 녀석은 오타쿠 외국인 아버지와 부녀자(腐女子) 어머니 사이에서 태어난 직계 서러브레드…….

돈과 부모님의 이해라고 하는 최강의 모순(矛盾), 즉 무기와 방어구를 갖춘 최강의 오타쿠였다.

"뭐, 카토의 말도 틀리지는 않았어. 에리리. 너도 19금은 관두는 편이…… 아니, 19금 쪽을 할 거면 19세가 된 후에 하는 편이 좋지 않아?"

"그편이 더 잘 팔린단 말이야."

"인마. 동인이라는 건 어디까지나 취미 생활이니까 매상을 신경 쓸 필요는……."

"무슨 소리 하는 거야. 매상보다 더 중요한 게 어디 있는데?"

"뭐……."

"자신의 취미를 강요하기만 하면 손님들이 전부 떨어져 나가고 말 거야. 유행과 수요에 맞는 상품을 시의적절하게 공급해야만 인기를 유지할 수 있어."

"에, 에리리……."

그 순간, 나는 목덜미 언저리가 따끔거렸다.

에리리의 너무나도 착취형 오타쿠다운 발언 때문에.

어릴 적, 나와 함께 꿈을 좇던 그 시절과는 달라져버린 그녀의 신조 때문에.

"그리고…… 팔리지 않는다면, 인기가 없다면, 동인 활동 같은 걸 할 이유가 없잖아."

"그렇지 않아!"

"뭐?"

"너는 그렇게 안이한 녀석이 아냐! 원래의 너는 훨씬 열정이 넘치는 녀석이라고!"

그래서 나는 고함을 질렀다.

내 기억 속에 존재하는, 소꿉친구이자 약간 마니악한 여자애와는 너무나도 달라져버린…… 자신을 악인으로 포장하려 하는 에리리를 보고 분노가 치밀었기 때문이다.

"그렇잖아? 그런 안이한 생각이나 하는 녀석이 창작 활동을 꾸준히 해올 수 있을까? 매달, 아니 매주 열리는 이벤트마다 신간을 내놓을 수 있을까?"

"토모야……."

옛날의 이 녀석은 이렇지 않았다.

내가 억지로 시킨 미소녀 게임에 결국 빠져버려, 전용 메모리 카드까지 사서 『올 클리어 축하해』 CG까지 본 귀여운 여자애였다.

"인기 유지나 매상만 생각하는 녀석이 그렇게 꾸준히 신간을 내놓을 리가 없어!"

어설프지만 애정을 듬뿍 담아 직접 그린 카타○○의 일러스트를 나에게 보여주면서 환한 미소를 짓던, 너무나도 매력적인 여자애였다.

"정열이 없으면 계속할 수 없다고!"

"할 수 있는데?"

"사람이 열정을 담아 말 할 때는 태클 좀 날리지 마!"

"인기나 매상 욕심만 넘쳐흐르는 작가일수록 부지런하게 이벤트에 참가해서 돈을 많이 벌어. 이벤트 때 자주 이웃 부스가 되곤 하는 모 서클은 정말—."

"그만~! 소비형 오타쿠의 꿈을 박살 내지 마!"

순식간에 목덜미 언저리가 꽁꽁 얼어붙었다.

무리다. 역시 무리다. 이 녀석과 나는 이제 예전 같은 사이로 되돌아갈 수 없다.

"토모야. 너도 이제 작취형 오타쿠가 될 거라면서? 그럼 그런 물러터진 꿈에 젖은 채로는 오래가지 못할걸?"

"나는 돈 벌 생각 없거든? 표현의 자유를 갈구하는 것뿐이거든?"

"그럼 저 애를 프로듀스하겠다는 말도 거짓말이겠네? 고생해서 만든 게임이 팔리지 않고, 존재 자체도 알려지지 않고, 그녀를 모델로 만든 캐릭터가 세간의 인정을 눈곱만큼도 받지 못해도 전혀 상관없어? 결국, 단순한 자기만족에 지나지 않는 거야?"

"크……."

왠지 상업과 동인이 뒤엉킨 논쟁을 하고 있는 것 같은 느낌이 들었다. 하지만 실제 동인 업계도 상업과 동인이 뒤엉켜 있기에 나는 유효한 반론을 하지 못한 채 입술을 깨물었다.

그리고 그 모습을 보고 가슴이 아파 온 듯한 소녀가 한 명—.

"저, 저기. 이제 그만 다투는 게……."

"너는 입 다물고 있어!"

"카토. 부탁이니까 괜히 끼어들지 말고 게임이나 해. 알았지?"

"으음, 나는 왜 여기 있는 거지……?"

—있었지만, 지금은 방해만 됐다.

『어디부터 갈까?』

『→귀신의 집』

"결국 토모야는 저 애를 어떤 히로인으로 만들고 싶은 거야?"

"그건……."

"버추얼 아이돌? 보컬로이드? 국민적 연인? 3D 커○텀 소녀?"

"잠깐만, 마지막 건 좀……."

USB 접속기기를 사용하면 더 위험해질 것 같은 느낌이 드는데…….

"뭐, 나는 참가할 생각이 없으니까 아무래도 상관없지만 말이야."

"그런 것치고는 엄청 구체적이네. 나쁜 쪽으로 말이야."

『으음~ 좀 피곤하네.』

"그리고 마지막에는 남자 몸에서 나온 장기 숙성 우유로 저 애를 범벅으로 만들어도 돼?"

"너한테는 일반적이라는 개념이 없는 거냐?"

『오늘은 즐거웠어. 다음에 또 같이 놀자. 그럼 이만 갈게.』

"뭐, 끝까지 모에로 밀어붙인다면 러브러브H로도 충분할 것 같긴 해."

"저, 저기, 가능하면 미성년자인 나도 살 수 있는 게임이면 좋겠는데……."

"……윽! 카토! 너 또 선택지 잘못 골랐잖아!"

"으음, 이만큼 두근거리게 만들었으면 뭘 골라도 상관없지 않아? 이 애라면 분명 고백해줄 거야."

"왜 마지막까지 전력을 다하지 않는 건데! 너, 현실의 데이트 때도 그딴 소리 할 거야?!"

"하아, 알았어. 그럼 데이트 신청을 하기 전부터 다시 하면 되지?"

"뭘 몰라도 한참 모르네! 인생도 게임도 단판 승부! 리셋 버튼을 쓰는 건 사도(邪道)라고 아까부터 몇 번이나 말했잖아!"

"카토 양. 당신한테 실망했어."

"어? 사와무라 양……?"

『도시락 만들어 왔어. 같이 먹자.』

"에리리는 지금까지 인기 작품의 2차 창작만 했지?"

"그 이야기가 왜 튀어나오는 건데?"

"이제 슬슬 오리지널을 해보고 싶을 것 같은데?"

"별로……."

"아니, 분명 그런 생각을 가지고 있을 거야. 자신이 만든 오리지널 작품이 대박을 치면, 동인 쪽 매상도 급격하게 올라간다는 걸 나에게 가르쳐준 사람은 바로 너니까 말이야."

일전에 들은 이야기에 따르면, 미소녀 게임이나 에로 게임 같은 것은 작업량에 비해 수입이 적기에, 동인지를 그려서 내놓는 편이 훨씬 매상이 짭짤할 뿐만 아니라 편하다고 한다.

즉, 게임 제작에 참가하는 사람들은 동인 쪽에서 더 큰 매상을 얻기 위해 어쩔 수 없이…… 아, 어디까지나 극히 일부의 작가들이 그렇다는 이야기입니다요.

"그건 상업 쪽 이야기야. 동인, 그것도 개인 레벨의 서클 작품이 대박을 터뜨릴 리가 없잖아? 그런 꿈같은 이야기에 어울려줄 시간이면 동인지를 다섯 권 이상 그릴 수 있을 거야."

"너 설마 잊은 거야? 취미 삼아 장편 작품을 만든 무명의 약소 동인 서클이 겨우 몇 년만에 업계를 제패하는 기적을 일으켰던 걸 말이야."

"그건 시나리오가 신급이었기 때문이잖아. 일러스트가 아무리 좋아도…… 아."

"이제 알겠지? 그 점도 걱정할 필요 없어."

"으윽……."

"시나리오 담당이 누구인지는 알고 있잖아? 바로 그 카스미—."

"나, 원래 네 서클에 참가할 마음은 없었지만, 그 사람이 참가한다면 나는 100% 빠질 거야."

"……원래부터 참가할 마음이 없었다면서, 왜 일부러 『그 사람』을 강조하는 거야?"

"그러고 보니 사와무라 양은 일전에 모였을 때도 카스미가오카 선배를 상대로 미묘한 태도를 취했었지? 혹시 옛날에 무슨—.”

“카토 양은 아무 말 말고 게임에나 집중해. 아, 폭탄 달렸네? 대체 무슨 짓을 한 거야?”

“응? 아, 진짜다. 위험했네.”

“……너 방금 이야기를 다른 곳으로 돌리려고 했지?”

“글쎄? 무슨 소리 하는 거야?”

“나도 전부터 생각했던 건데 말이야. 너, 왜 우타하 선배를 그렇게 싫어하는 거야? 이쪽 업계에서 잘 나가는 사람끼리는 뭔가 통하는 게 있을 것 같은데…….”

“그러는 너야말로 그 사람에 대한 태도가 작년과는 완전 다른 것 같은데? 입학 당시에는 엄청—.”

“아, 아니, 그건…….”

“그러고 보니 아키 군, 카스미가오카 선배와 만났을 때 꽤 거북해하는 것 같았어. 혹시 옛날에 무슨—.”

“카토는 게임이나 열심히 하고 있어. 크리스마스 때까지 체력을 쌓아두지 않으면 땅을 치며 후회하게 될걸?”

“……두 사람, 실은 엄청 닮은 것 같은데?”

『당신이 레귤러가 될 수 있을 거라고 진심으로 믿었어.』

『그러니 앞으로도 최선을 다해줘.』

“…….”

"……."

"저기, 두 사람 다 왜 그래?"

"응? 아…… 아무것도 아냐."

"벼, 별일…… 아니니까 신경 쓰지 마."

"어, 어이, 에리리. 한 번만 더 생각해줄 순 없어?"

"대체 몇 번을 거절해야 포기할 건데?"

"나, 몇 번이나 너한테 『곧 히트할』 장르를 가르쳐줬지?"

"그게 왜?"

"조금은 답례다운 답례를 하는 것도 나쁘진 않을 것 같지 않아? 그리고 너희 집에 내가 산 게임과 애니메이션이 몇 개나 있는지는 알고 있어?"

"너의 그 예상은 모에 계열 쪽에 편중되어 있어서 대박은 터진 적 없잖아. 좀 더 넓은 장르를 커버할 수 있다면 쓸 만할 텐데."

"우와, 고맙다는 소리는 고사하고 쓴소리만 해대는 거냐."

"아무튼 나는 다음 달 이벤트를 준비하느라 바빠. 미안하지만……."

『그리고…… 괜찮다면, 나를 국립경기장에 데려가 줬으면 해.』

"……윽."

"……윽."

"어? 두 사람, 우는 거야?"

『이렇게 나의 고교 생활은 막을 내렸다.』

『앞으로의 인생은 사O와 함께 나아갈까 한다.』

"…………."

"…………."

"…………."

"끝났, 네……."

"그래……."

"아, 해 떴어."

※ ※ ※

그리고 다음 날 아침…….

"안녕, 아키 군…… 하아아암."

"……."

교실에 들어온 카토는 자연스럽게 나에게 말을 걸었다.

토요일에 우리 집에서 밤새도록 게임을 한 후 다음 날 이른 아침에 눈을 비비면서 집으로 돌아갔던 카토는 월요일이 되었는데도 여전히 졸려 보였다.

"하아암…… 왜 그렇게 뚫어져라 쳐다보는 거야?"

"내가 이런 말을 하는 것도 좀 그렇지만, 카토는 정말 꿋꿋하네."

그런 일을 겪고도 아무렇지 않게 나에게 말을 걸다니, 정말 대단했다.

이 정도면 존경의 경지를 넘어 거의 보살 레벨이었다. 내가 카토였다면 상대를 투명인간 취급해버렸을 것이다.

"뭐, 외박은 좀 그랬던 것 같아~. 밤늦게 집에 연락하긴 했지만, 그래도 엄마한테 꾸중 좀 들었어."

"그럴 만도 해."

꾸중을 듣지 않았다면 가정 파탄이나 모녀간의 소통 단절을 의심해야 할 것이다.

"아, 솔직하게 말해도 믿어주지 않을 것 같아서 조금 각색하기는 했어."

"뭐라고 말했는데?"

"사와무라 양이 『있는』 곳에서 묵었다고 말했어."

"……약간 궤변이기는 하지만, 그래도 거짓말은 아니네."

카토와 에리리는 일요일 오전 일곱 시에 함께 우리 집을 나섰다.

즉, 카토가 내 방에 묵었던 시간 동안, 에리리도 쭉 내 방에 『있었던』 것이다.

"그리고 언덕 위에 있는 호화로운 저택이 사와무라 양의 집이라는 걸 가르쳐줬더니 깜짝 놀라시던걸?"

"……너, 의외로 나쁜 애구나."

서로 전혀 상관없는 사실을 알려줘서 상대가 절묘한 착각을 하게 만들다니…… 정말 대단하군.

"그런데 밤샘을 했는데도 진전이 없었네."

"서클을 결성한 후의 상황을 암시하는 듯한 발언 좀 하지마."

"아하하, 무슨 말인지 알겠어. 합숙 하자고 모여 놓고 결국 밤새도록 놀기만 할 수도 있다는 거지~?"

"그런 발언 하지 말라고 했잖아."

"아~. 그래도 꽤 즐겁기는 했어."

"그래? 그거 다행이네."

"데이트를 하다 보니 진심으로 좋아하게 되었거든. 뭘 선물하면 좋을지도 진지하게 고민했고…… 그래서 마지막에 고백받았을 때는 꽤 감격했어."

"……그거 다행이네."

"아키 군, 왜 그래? 왜 갑자기 당황한 거야?"

"아, 그게 말이야……."

확실히 나는 현재 당황했다.

아까부터 카토의 입에서 흘러나온 말을 누가 들었으면 어쩌나 하는 생각 때문에 안절부절못하고 있었다.

혹시 일부러? 일부러 저러는 건가? 기정사실을 원하는 건가?

카토, 너…… 혹시 나한테 마음이 있는 거냐?!

"……이상, 없음."

"뭐가?"

아직 조례 전인 교실 안에는 반수 이상의 클래스메이트들이 와 있었다.

카토가 방금 생각 없이 한 말을 분명 다섯 명 이상의 클래스메이트가 들었으리라.

하지만…….

"정말, 이상 없네."

"뭐가 말이야?"

뭐, 나는 모두가 인정하는 오타쿠에 2차원 마니아이며, 우리 반에서 가장 리얼과 인연이 없는 인간이라는 점은 인정하겠다.

그러니 나는 괜찮거든? 하지만 카토는…….

"뭐, 됐어. 선생님 오실 때 다 됐으니까 자리로 돌아가."

"뭔가 이상한데…… 아."

귀엽고, 성격도 좋은 데다, 패션에도 꽤 신경 쓰는 여자애인데 말이야.

『가볍게 사귀기에는 이런 애가 좋겠지』 랭킹이 있다면 꽤 상위에 랭크될 인재인데도 이렇게 주목도가 낮다니…….

메인 히로인이 되어야 하는 카토 앞에는 멀고도 험난한 길이 펼쳐져 있는 것 같군.

하지만 두고 보라고. 언젠가 카토를 전 세계의, 아니, 일본의, 아니 이쪽 업계의…… 하, 하다못해 이 학교의 메인 히로인으로…….

"메, 메, 메구미!"

"너 대체 무슨 짓을 한 거야?!"

"정말 대단하네! 뭐가 어떻게 된 거니?"

그래. 바로 이렇게…….

"다행이야. 여기 있었구나…… 카토 메구미 양."

"……사와무라, 양."

"어, 어라?"

나와 카토는 어느새 우리 반 학생들에게 둘러싸여 있었다.

그렇다. 엄청 주목받고 있었다.

클래스메이트들의 시선이 드디어 카토에게 집중—.

"어제는 내가 고맙다는 말을 하기도 전에 돌아가 버렸잖아. 당신을 찾느라 정말 고생했어. ……후후, 농담이야. 당신이 어느 반인지 물어보는 걸 깜빡한 내 잘못이야. 용서해줘."

"어? 어?"

……되고 있지 않았다.

카토의 눈앞에 존재하는 것은 "금발 하면 이 헤어스타일 아냐?"라고 주장하듯 깔끔하게 세팅된 황금색 트윈 테일.

그리고 수많은 여자애들이 동경하는 새하얀 피부. 수많은 남자들을 매료한 푸른색 눈동자.

다른 녀석들에게는 통상 버전인, 그리고 나에게 있어서는 완전 위장 버전인 에리리가 카토 앞에 서 있었다.

"메, 메구미? 너, 어제 사와무라 양이랑 무슨 일 있었어?"

완전히 주목의 대상이 된 카토를 향해, 주위에 있는 클래스메이트들이 질문을 던졌다.

"으, 응. 같이 밤샘—."

"나, 나에게 손수건을 빌려줬었잖아?!"

"으윽~?!"

"아, 아키 군?"

에리리 녀석…… 왜 내 발을 밟은 거지?

실언할 뻔한 건 카토이고, 나는 아무 말도 하지 않은 데다, 아무도 나한테 관심 없는데 말이야.

……아하, 관심 밖인 나한테 이런 짓을 해도 카토 외의 다른 녀석들에게는 들키지 않을 거라고 판단한 거구나.

"어제 실수로 약간 다치고 말았는데, 지나가던 카토 양이 나를 도와줬어."

"와아~ 그런 일이 있었구나~. 대단해, 메구미!"

어이, 뭐가 대단하다는 거야.

그리고 왜 에리리를 그렇게 호의적으로 대하는 건데?

다른 반 녀석이 우리 교실에 멋대로 들어오면 보통 적의 어린 시선으로 맞아줘야 하는 거 아냐?!

이래서야…… 완전 메인 히로인이잖아.

"카토 양이 손수건으로 응급 처치를 해줘서 상처가 심해지지는 않았어."

"아, 으음, 혹은 다 가라앉았어? 그때, 쿵 하고 엄청 큰 소리가—."

"장미 가시에 손가락을 찔렸어!"

"으으윽~~~?!"

"아, 아키 군?"

양의 탈을 쓴 메인 히로인이 날린 토 킥(Toe kick)이 내 정강이에 명중했다.

우리 주위에 있는 녀석들은 왜 내가 이런 참상에 처했다는 사실을 눈치채지 못하는 거지?

"길을 가다 우연히 눈에 들어온 아름다운 장미를 만지려다 살짝 찔렸어. ……내 말 맞지? 그렇지? 카토 양."

"아, 으음, 그게……."

……아니, 실은 어떻게 된 것인지 안다. 이것은 마술사들이 흔히 쓰는 방법이다.

금발을 흔들거나, 머리카락을 쓸어 넘기거나, 과도할 만큼 환한 미소를 짓는 등의 행동으로 사람들의 시선을 자신의 상반신에 집중시켜, 발 기술을 쓸 수 있는 상황을 만든 것이다.

……정말 허영심 보호 테크닉 하나만큼은 끝내주게 발전했군.

"그때 손수건을 빌려줘서 정말 고마워. 답례라고 하기엔 조금 그렇지만…… 이걸 받아줬으면 해."

"아, 그럴 것까지는……."

에리리가 카토에게 건네준 것은 체크무늬 리본이었다.

"쇼핑하러 갔다가 카토 양 주려고 샀어. 그렇게 비싼 물건은 아니니까 부담 가지지 마."

"아, 응……."

아니, 나는 안다.

저것은 스펜서 가문에서 옛날부터 선호해온 영국 고급 브랜드의 리본이다.

초등학생 때, 에리리는 부모님에게 떼를 써서 나까지 데리고 『쇼핑』을 하러 간 적이 있다.

그리고 쇼핑하러 간 가게에는…… 어찌 된 영문인지 다섯 자리 이하의 가격이 붙은 상품이 없었다.

스펜서 아저씨에게 "마음에 드는 것을 하나 사줄 테니 골라 보렴."이라는 말을 듣고 패닉 상태가 되어서 울음을 터뜨리고 만 흑역사가 내 머릿속에서 되살아났다…….

"저기, 카토 양. 오늘 미술실에 놀러오지 않겠어?"

"아, 왜……."

"당신에게 할 이야기도 있고…… 괜찮다면 내 모델이 되어줬으면 해서 말이야."

"모, 모델?"

"응. 이번 전람회에 낼 작품의 모델이 되어줬으면 해."

"우와! 부러워, 메구미!"

"사와무라 양에게 모델 제의를 받다니, 정말 좋겠다!"

"나 같으면 누드모델이라도 할 거야!"

"후후, 물론 옷을 벗을 필요는 없어. 저기, 한번 생각해봐 주겠어?"

에리리는 약간의 장난기가 섞인 기품 넘치는 미소를 지으면서 카토에게 다가갔다.

주위 사람들 눈에는 저 두 사람 사이에 존재하는 마음의 거리가 좁혀진 것처럼, 저 두 사람이 친구가 된 것처럼 보일지도 모른다.

하지만 에리리가 저런 행동을 취한 건 아마도…….

"사, 사와무라 양. 이, 이게 대체……."

"저기, 카토 양. 어제 일……."

『떠벌리고 다니면 후회하게 될 거야.』

"으윽~?!"

그 공갈 협박은, 카토의 숨소리에 가려 주위 사람들에게 전해지지 않았다.

직접 그 말을 들은 카토, 그리고 에리리의 입술을 주의 깊게 관찰하고 있던 나 외에는 말이다.

"그럼 갈게. 이따 봐…… 메구미 양."

마지막으로 약간의 장난기가 섞인 정체불명의 미소를 지은 에리리는 우아한 걸음걸이로 우리 교실에서 나갔다.

"…………."

"어이."

"…………."

"카토. 어이, 카토."

"……앗?!"

"……어이, 괜찮은 거야?"

에리리와 교대하듯 담임 선생님이 교실에 들어오면서 조례가 시작되었다.

그리고 몇 분 후. 담임 선생님이 교실에서 나가고, 1교시가 이동 수업이기에 모든 클래스메이트들이 교실을 나선 후에도 카토는 자리에 멍하니 앉아 있었다.

"아, 아키 군…… 방금 그 사람, 대체 누구야?"

"누구냐니…… 주말에 함께 잠옷 파티를 한 친구잖아?"

"나, 잠옷 안 입었는데…… 아키 군이 잠옷 챙겨 오라고는 말 안 했잖아."

"마음은 이해하지만 좀 진정해. 논점이 흐트러지고 있다고."

그리고 잠옷 가지고 오라면 가지고 왔을 거냐? 진짜로?

"그런데 왜 우리 반에 온 거야?"

"카토한테 본성을 들켰잖아. 그래서 감시하에 둬야겠다고 판단한 걸 거야."

"으음…… 나, 보호 관찰 처분인 거야?"

"집행 유예에 가까울걸?"

"미성년자인데?!"

나나 카토나 너무 충격을 받은 탓에 재치 있는 농담을 하지 못했다.

뭐, 서로가 하는 말이 무슨 뜻인지는 이해했지만 말이다.

"나, 사와무라 양에게는 절대 못 이길 것 같아……."

"저렇게 괴상한 캐릭터에게 이길 필요 없어."

옛날에는 눈물이 많지만 정말 귀여운 소꿉친구였는데…… 대체 어쩌다 저 모양 저 꼴이 된 거지…….

"무서웠어……. 좀 전에 진짜로 무서웠단 말이야, 아키 군~."

"살짝 지릴 뻔했지?"

"으…… 여자애한테 그런 걸 묻는 거야?"

"아, 미안. 방금 그 발언은 좀 심했어. 잊어줘."

"뭐, 뭐어, 살짝 그럴 뻔하기는 했지만……."

"아깝네. 에로 게임에서 방뇨는 모에 속성이지만, 미소녀 게임에서 그런 장면을 표현하는 건 무리거든. 이벤트로 쓸 수는 없겠어……."

"……사와무라 양은 생각했던 것보다 좀 그런 사람이었지만, 아키 군은 생각했던 대로 그런 사람이네."

이렇게 원화가 선정 작업은 출발점으로 되돌아가고 말았다.

제5장

나는 어차피 남자를 유혹하는 마성의 여자

그리고 다시 돌아온 토요일.

정확하게 말하자면 4월 말의 특별한 토요일. 사람들이 흔히 골든 위크 돌입 기념일이라고 부르는 날.

"안녕…… 하아아아암~."

카토는 약속 장소인 역에 3분 정도 늦기는 했지만 그래도 약속 장소에 나온다고 하는, 딴죽 걸기 뭐한 등장 방식으로 나타났다.

"졸려 보이네."

"두 시간밖에 못 잤어~."

"수면 시간이 짧은 걸 자랑하지 좀 마."

그녀의 표정에서는, 오늘이 너무 기대된 나머지 잠을 못 잔 듯한 기색은 눈을 씻고 찾아봐도 발견할 수 없었다.

"자, 그럼 표 끊자. 우리 지금 어디 가는 거야?"

"와고 시(市)."

"아, 거긴 다른 현이잖아. 우와, 표 값 엄청 비싸네."

"어제 꽤 먼 곳에 갈 거라고 말했잖아."

"그건 그렇고, 열차로 한 시간 이상 가야 하는 곳에 단둘이서 가는 거네? 왠지 데이트하는 것 같아."

"데이트 아니거든?"

"알아."

아차. 한 치의 주저도 없이 부정해버렸네.

게다가 카토도 망설임 없이 내 말에 동의했잖아.

뭐랄까, 어찌 보면 이상적인 이성 친구 사이 같네.

혹은 권태기에 접어든 커플 같든가. 뭐, 커플은 아니지만 말이야.

"시간 좀 있는 것 같으니까 편의점 갔다 올게."

"화장실도 다녀와. 꽤 오랫동안 열차를 타고 가야 하거든."

"그것까지 포함해서 편의점 갔다 온다고 말한 거야. 정말 눈치 없다니깐."

"그렇다고 자기 입으로 다 털어놓으면 어떻게 해……."

나는 평소와 별반 다르지 않은 걸음걸이로 편의점을 향하는 카토의 뒷모습을 바라보았다.

흰색 탱크톱 위에 회색 파카를 걸쳤고, 하늘거리는 치마바지 아래로 보이는 다리는 살색 스타킹에 감싸여 있었다.

오늘도 지난주와는 전혀 다른 복장이군.

확실히 귀여운 복장이기는 하지만, 2차원적으로 볼 때 이렇게 복장이 자주 바뀌면 캐릭터성이 희미해지거든. 게다가 스탠딩 CG도 늘려야 하잖아.

그러니 이럴 때는 교복을 입고 와서 "응? 학생이 외출할 때 교복을 입는 건 상식 아냐?" 같은 말을 하는 초절정 진지녀가 유저에게도 개발자에게도 사랑받을 거야.

……오늘의 외출 상대가 이런 생각이나 하는 게임 오타쿠가 아니었으면 카토도 좋았을 텐데 말이야.

"흐음, 전부 다 읽은 거야?"

"응. 그래서 엄청 졸려. 아키 군이 빌려준 책, 다섯 권이나 됐잖아."

"너, 정말 좋은 녀석이구나."

"실은 너무 재미있고 뒷내용이 궁금해서 잠이 안 왔어. 재미있는 책 추천해줘서 고마워."

"그, 그랬구나……!"

와고 시로 향하는 열차 안에서 카토는 그렇게 말하고 미소 지었다.

그녀는 어제 내가 빌려준 『사랑에 빠진 메트로놈』 제1권을 들고 있었다.

어제 서클 활동 때, 나는 이번 연휴 중에 읽어두라면서 카토에게 저 책을 건넸다.

"라이트노벨은 남자들만 보는 건 줄 알았는데, 이건 여자 애들도 읽고 감동의 눈물을 흘릴 수 있는 작품이네."

"그렇지? 눈물 나는 작품이지?"

"얼마 전에 했던 미소녀 게임도 그렇지만, 접해보지도 않고 무턱대고 싫어하는 건 좋지 않은 것 같아. ……뭐, 여자애들이 쉽게 손댈 수 있도록 표지 같은 걸 좀 신경 써줬으면 좋겠지만 말이야."

"카, 카토. 너라는 녀석은, 역시……."

하다못해 1권이라도 읽고 오늘까지 이 작품의 가치를 이해해주길 바랐던 나에게 있어, 카토의 반응은 그야말로 이상적이었다.

"저기, 미안한데 골든 위크가 끝난 후에 책을 돌려줘도 될까? 실은 차분하게 한 번 더 읽어보고 싶거든."

"당연히 괜찮지! 아니, 안 돌려줘도 돼. 카토에게 준 건 어차피 포교용이거든. 실은 독서용과 보존용으로 두 세트 더 있어."

"그, 그래? 뭐, 아키 군이 따로 책을 살 필요가 없다면야…… 감사히 받을게."

"물론 사야지. 바닥난 포교용을 보충하는 건 기본 중의 기본이잖아?"

"그, 그렇구나…… 아무튼, 고마워."

카토는 약간 질린 듯한 미소를 지었다.

아무래도 카토는 포교에 성공한 신자의 마음을 이해하지 못하는 것 같았다.

"그런데 어떤 점이 좋았어? 아니, 마음에 들지 않은 부분도 포함해서 전체적인 감상을 말해줘."

"아, 응. 으음…… 뭐부터 이야기할까?"

"빨리! 독서 후의 열기가 식기 전에 표현하는 감상이 가장 중요하단 말이야! 자, 빨리 이야기해줘!"

"아, 아키 군……?"

자신이 좋아하는 작품에 대해 이야기할 수 있는 동료를 늘릴 수만 있다면, 수천 엔 정도의 지출은 얼마든지 감수할 수 있다고…….

"이야~. 정말 순식간에 와고 시에 도착했네."

"……아키 군에게 있어서는 그럴 거야."

그런 말을 하면서 열차에서 내린 카토는 열차를 타기 전보다 더 피곤해 보였다.

역시 수면 부족 때문인 걸까. 어쩌면 열차 안에서 멀미를 한 것일지도 모른다.

그래서 그런지 안색도 좋지 않았다.

"그런데 말이야. 3권의 고백으로 이어지는 전개! 그 부분도 최고였지?!"

"하아…… 이 이야기, 아직도 안 끝난 거야?"

"하지만 카토도 그 애가 삼각관계에 끼어들 거라고는 생각도 못 했을걸?"

"응, 못 했어……. 이 이야기를 한 시간 넘게 하게 될 거라고는 꿈에도 생각 못 했어……."

"마음만 먹으면 사흘 동안 밤을 새가면서도 이야기할 수 있다고."

"나는 평생 노력해도 아키 군 같은 오타쿠는 될 수 없을 것 같아."

이렇게 약한 소리를 하는 걸 보면, 꽤나 피로가 쌓인 것 같았다.

"그런 소리 하지 말고 텐션 좀 더 끌어올리자. 지금부터 우리가 가는 곳은 성지거든!"

좋아. 이럴 때야말로 남자가 앞에서 끌어줘야겠지.

이런 세세한 배려가 리얼충의 비결일 거야. 아마도.

"성지…… 어? 그러고 보니……."

"아, 눈치챘어?"

역에서 나와 눈앞에 펼쳐진 풍경을 본 카토는 숨을 삼켰다.

이곳에 처음 온 사람에게 있어 이곳은 평범한 역 앞 번화가처럼 보일 것이다.

하지만 『사랑에 빠진 메트로놈』을 읽은 독자의 눈에는 다르게 보이리라.

"여기구나……."

왜냐하면 이곳은 1권 첫 컬러 일러스트 안의 풍경과 똑같으니까 말이다.

"역 앞에 있는 저 공원의 벤치가 최종회에서 키스한 장소야."

"아, 그렇구나. 딱 이 위치에서 본 구도네."

카토는 내가 펼쳐서 보여준 5권 211페이지의 삽화와 공원의 벤치를 번갈아 쳐다보았다.

"그리고 저기 있는 햄버거 가게가 2권에서 두 히로인이 처음으로 만난 장소지."

"그건 삽화만 봐서는 알 수 없을 것 같은데……."

"맞아. 하지만 정보는 삽화 안에만 존재하는 게 아니거든."

"그럼……."

"이 장면 후, 두 사람은 횡단보도를 건너 역에 도착하잖아? 즉, 역 앞 도로 건너편에 있는 저 가게만이 그 조건을 만족하지!"

"……아키 군은 그런 사소한 부분까지 체크하는구나."

카토는 내가 펼쳐서 보여준 2권 148페이지의 문장을 보지도 않으면서 중얼거렸다.

어이, 확인하라고.

"그리고 슬슬 본론에 들어가자면…… 이 길 끝에 서점이 하나 보이지?"

"아…… 그럼 저기가 1권에서 나온……."

"그래. 주인공과 메인 히로인이 운명적인 만남을 가진 죠분도 서점…… 오늘의 목적지는 바로 저곳이야!"

나는 카토에게 1권 48페이지에 끼워져 있던 두 장의 티켓을 보여줬다.

이것이 바로 오늘 우리가 이곳에 온 진짜 목적인—.

"하지만 결국 그 히로인과 헤어졌잖아."

"……그래."

주인공이 2권에서 처음으로 등장했던 또 한 사람의 히로인을 선택하는 충격적인 전개는, 최종 권 발매 당시 인터넷 상에서 상당한 물의를 일으켰다고 한다…….

"뭐야. 사인회에 가는 거면 미리 말해주지 그랬어."

죠분도 서점 3층 이벤트 플로어에 형성된 행렬의 끝머리에 선 카토는 내가 준 티켓을 뚫어져라 쳐다보았다.

그 티켓에는 오늘 날짜와『사랑에 빠진 메트로놈 최종 권 발매 기념 카스미 우타코 선생 사인회』라는 글자가 워드 프로세서로 대충 만든 듯한 심플한 디자인으로 인쇄되어 있었다.

이런 이벤트에 익숙하지 않은 중소 서점에서 만들 법한 티켓이었다.

"아니, 카토가 이 작품의 팬이 될 거라고는 생각도 못 했거든. 그래서 거절당할 거라고……."

"그래서 『목적도 말해주지 말고 그냥 끌고 가자.』라는 결론에 도달한 거야?"

"그편이 하나하나 설명하는 것보다 훨씬 간단하잖아."

"……아키 군, 부탁이니까 3차원의 여자애도 2차원 여자애만큼 소중히 대해줘."

"으, 으윽."

카토는 약간 삐친 것 같았다. 이럴 리가 없는데…….

이, 이렇게 된 거 "내, 내가 왜 너 같은 애를 소중히 대해야 하는데!"라고 외친 후, 얼굴을 새빨갛게 붉히면서 고개를 획 돌려버릴까?

……소꿉친구와 악우(惡友) 포지션이라면 그것도 플래그가 되겠지만, 알고 지낸 지 한 달도 채 안 된 상대에게 그딴 짓을 했다간 단순한 서브 캐릭터로 낙인찍히고 말 것이다.

뭐, 그래도 상대는 카토니까…….

"그건 그렇고, 잘도 이 티켓을 구했네. 그것도 두 장이나 말이야."

"그거 구한다고 두 명 몫의 교통비와 점심 식사비가 들었다고. 아, 그리고 왕복하는 데 세 시간이나 걸렸지."

"나, 사인회에 와본 건 처음이지만, 자신이 좋아하는 작품을 만든 사람을 만난다고 생각하니 정말 흥분돼. 고마워."

"역시 그렇지~?"

카토는 이해심이 많다니깐……. 그야말로 안도감이 넘쳐 흐르는 녀석이야.

"그런데 카스미 우타코 선생님은 어떤 사람이야? 아키 군, 만나본 적 있어?"

"으, 응…… 2권 발매 때도 여기서 사인회를 했었거든."

"이름을 보니 여자 같은데…… 진짜 여자야?"

"……뭐, 곧 알 수 있을 거야."

"책 다 읽고『카스미 우타코』라는 이름으로 인터넷에서 검색해봤는데, 가장 먼저 나온 게 개인이 운영하는 팬 사이트였어. 본인은 블로그나 트위터 같은 걸 하지 않는 것 같아."

"……그렇구나."

"아키 군, 왜 그래? 얼굴이 빨갛게 달아올랐어."

"아니, 그게…… 뭐, 곧 진실을 알게 될 테니 됐어."

"응? 아키 군?"

내가 갑자기 얼굴을 붉히면서 고개를 돌리자, 카토는 영문을 모르겠다는 표정을 지으며 나를 올려다보았다.

뭐, 3차원 진성 오타쿠가 츤데레에 눈뜬다면 쳐다보기도 싫을 만큼 징그럽겠지만…….

"……이제 시작하려나 보네."

"아, 진짜다."

우리가 대화를 나누는 사이 예정 개시 시각인 11시 30분이 되었는지, 이 서점의 점원으로 보이는 중년 여성이 모습을 드러냈다.

이런 이벤트에 익숙해 보이지 않는 그 점원은 5분 동안 주의 사항을 늘어놓았다. 그리고 그것이 끝나자 안쪽에 있는 칸막이가 치워지고 카스미 우타코 선생님이 박수를 받으면서 등장했다.

그리고 그 사람의 모습은…….

"……전혀 안 보여, 아키 군."

앞쪽에서 우글거리는 오타쿠들 때문에 카토에게는 보이지 않는 것 같았다.

"……걱정하지 마. 사인 받을 때 볼 수 있어."

카토보다 키가 큰 내 눈에는 작가의 모습이 보였지만, 나는 카토에게 그 사실을 알려주지 않았다.

그렇다. 카토가 자신의 눈으로 진실을 확인하는 것…….

그것이 그녀를 이곳에 데리고 온 나의 가장 큰 목적이자 재미이기 때문이다.

즉…….

"……윤리 군?"

"어?"

"안녕하세요. 여기서는 오래간만에 뵙네요. ……그리고

그 별명으로 부르지 마요."

"카스미가오카…… 선배?"

"아니, 카스미 우타코 선생님이야. ……여기서는 말이야."

그리고…….

내 차례가 된 순간, 우타하 선배와 카토를 둘러싼 세계가 그대로 얼어붙었다.

※ ※ ※

"그럼 다시 소개할게. 이쪽은 3학년 C반 카스미가오카 우타하 선배."

우리 학교에 입학한 후로 단 한 번도 전교 1등을 놓친 적이 없는, 토요가사키 학원 창립 이래 최고의 수재.

"그리고 펜네임은 카스미 우타코 선생님."

처녀작인 『사랑에 빠진 메트로놈』 시리즈로 50만 부 이상의 매상을 기록한 현역 여자 고등학생 인기 라이트노벨 작가.

"그리고 이쪽은 2학년 B반 카토 메구미."

별다른 특기 사항은 없음.

"그럼 소개는 끝났으니, 그럼 슬슬 본론으로……."

우리는 현재 원작 2권 148페이지에 나오는 햄버거 가게에 와 있었다.

"……."

"……."

"어이~."

그러고 보니 2권 148페이지에서도 이런 거북한 분위기가 연출됐었지.

다른 점을 꼽자면, 소설 속에서는 주인공이 그 자리에 없었다는 것이다. ……젠장. 주인공 녀석이 무지 부럽군.

"자, 잠깐만, 아키 군……."

이 거북한 분위기를 견디지 못한 카토는 옆에 있는 나에게 낮은 목소리로 말했다.

"이 상황에서 나한테 무슨 소리를 해봤자 아무 의미 없다고."

"아, 아무리 그래도 이건 좀 이상하잖아."

"뭐, 이 사람의 경력이 무지막지하게 이상하다는 건 나도 인정해. 하지만 본인 앞에서 그 말을 하는 건 실례잖아."

"이상한 건 아키 군이야."

"그래서 본인 앞에서 그런 말을 하는 건 실례라고 한 건데~."

카토는 정말 분위기 파악을 못 하는 것 같다. 내가 불쌍하지도 않은 걸까?

"인기 일러스트레이터에 인기 작가…… 아키 군 주위에는 왜 이런 사람들만 있는 거야?"

"뭐, 별다른 특징 없는 카토 같은 애도 있으니까 밸런스는 잡혔다고 생각하는데?"

"이 상황에서 내가 왜 튀어나오는 거야. 억지로 나를 가져다 붙여놓고 옳은 말 했다는 듯한 표정 짓지 마."

아니, 억지로 가져다 붙이지는 않았거든? 너의 그 약해빠진 캐릭터성을 과소평가하지 마, 카토. 아니, 이 경우에는 과대평가인가?

"이렇게 대단한 사람들로 동인 게임을 만들 생각인 거야? 그건 지금까지와는 정반대의 의미에서 무모한 짓이야."

미술부에 소속된 상류층 아가씨와 전교 1등 수재 콤비로는 실력 부족.

인기 동인 일러스트레이터와 인기 상업 작가 콤비로는 실력 과다.

……말이라는 건 어려운 거군. 단어 하나 차이인데 의미가 달라져버리잖아.

"하지만 내가 아는 사람 중에 그림이나 글 좀 한다고 할 만한 사람은 그 둘뿐이야."

"왠지 무기라고는 핵미사일 두 발밖에 없는 군대 같아."

"하지만 그 두 발로 적을 전멸시키이이호오오오오오옹?!"

"꺄앗?"

최악의 쓰레기에게 농락당했을 때나 터뜨릴 법한 내 울부짖음과, 낮은 연봉 때문에 한탄하는 듯한 카토의 낮은 비명이 겹쳐졌다.

뭐, 이런 비유 자체는 딱히 의미가 없다. 내가 하고 싶은 말은…….

"……언제까지 시시덕거리고 있을 거야? 그것도 옛 여자 앞에서 말이야."

"시시덕거린다고 생각한다면, 그런 오해 사기 딱 좋은 행동 좀 하지 마요! 그리고 그런 말도 안 되는 헛소리도 자제하라고요!"

기척을 숨긴 채 카토의 반대편, 즉 내 오른편으로 다가오더니 갑자기 내 귀에 숨결을 불어넣는다는 비정상적인 행동을 한 우타하 선배를 향해 나는 고함을 질렀다.

"그것보다, 윤리 군은 뭐 하러 내 사인회에 온 거야? 새 애인을 자랑하러 온 거야?"

"그~러~니~까~ 선배는 이 마을에서는 상당한 유명인이니까……."

"아무도 신경 쓰지 않으니까 걱정하지 마. 예를 들자면, 창가 쪽에 있는 세 남자. 분명 내 사인회에 왔던 사람들이야. 그것도 가장 앞줄에 서 있었어."

"방금 일부러 가장 문제 있어 보이는 샘플을 제시했죠? 맞죠?"

우와, 마른침을 삼키면서 이쪽을 뚫어져라 쳐다보고 있어…….

"하지만 이성과의 문란한 관계로 화제가 되면 작품도 더 많이 팔릴 것 같지 않아?"

"선배, 실은 판타스틱 대상이 아니라 나오키상#4을 노리는 거죠?!"

나조차도 전율하게 만드는 사악한 허언과 폭언들…… 정말 강렬하기 그지없는 속성이다.

하지만 눈앞에 있는 이 사람은 어디 사는 에리리와는 달리 어디로 튈지 모르는 위험성마저 갖췄다.

뭐, 간단하게 말해 캐릭터가 너무 강렬해서 따라가지 못할 수도 있다는 딜레마를 안고 있는 것이다.

"그래 놓고 실은 처녀예요, 같은 발언을 하면 순식간에 모에 캐릭터로 탈바꿈되지 않을까?"

"부자연스러운 처녀만큼 공격당하기 좋은 건 없으니까 절대 하지 마요. 그리고 그걸 어떻게 설명할 건데요?!"

바로 이런 식으로 말이다.

"저, 저기, 아키 군?"

"카토……. 네가 지금까지 어떤 식으로 생각해왔는지는 모르겠지만, 지금 우리 눈앞에 있는 이 사악한 인간은 카스미가오카 우타하 선배 본인이야."

"으음~. 난, 딱히 사악하다고는 생각하지 않았는데?"

"그래도 네가 생각했던 이미지와 실제 이미지 사이에 갭

#4 나오키상(直木賞) 일본의 권위 있는 문학상. 주로 대중 작가의 통속 소설에 수여됨.

이 존재하긴 하지?"

"그, 그야, 뭐……."

그 증거로, 카토의 표정은 또 멍해져 있었다.

여러 딴죽거리를 끌어안았을 때 이 녀석이 보여주는 특징…… 즉, 카토 메구미의 캐릭터성이 살아나는 흔치 않은 순간이다.

……하지만 표정이 적은 캐릭터로 내세우려 해도, 매력 면에서 눈앞에 있는 독설 무표정 상급생의 발끝에도 미치지 못한다는 점이 문제였다.

"하지만 카스미가오카 선배는 하급생들 사이에선 전설적인 존재란 말이야. 나도 소문이나 이야기만 들어봤을 뿐이라서……."

"아하. 그런 사람이 실은 말투와 성격이 그야말로 괴멸적인, 완벽한 거짓말쟁이 쾌락주의자일 거라고는 꿈에도 생각하지 못했구나."

"윤리 군은 아무래도 나한테 언어적 능욕을 당하고 싶어서 이렇게 찾아온 건가 보네. 마조히스트 기질은 여전한가 봐?"

"이런 식으로 말이야!"

이 선배는 평소 말수가 적고 조용하지만, 그건 말하는 게 귀찮아서 그러는 것이다. 한번 말문이 열렸다 하면 그녀의 입에서는 문제 발언과 폭탄 발언과 성희롱 발언밖에 튀어

나오지 않았다.

작가라는 신분을 숨기면서도, 음험한 성격은 유감없이 드러내는 소녀.

멀리서 바라보기만 하는 하급생에게는 동경의 대상이자, 가까운 곳에 있기에 수도 없이 그녀에게 당하고 만 동급생과 교사들 사이에서는 공포의 상징인 여성.

그 사람이 바로…….

"그런 사람이 아키 군의 옛 애인일 줄은 꿈에도 몰랐어."

"카토가 내 말을 조금이라도 믿는다면 그런 결론에는 도달하지 않았을 거야."

"그런데 무슨 일로 옛날에 버린 여자를 찾아온 거야?"

"제발 부탁이니까 그런 말도 안 되는 소리 좀 그만해요, 선배."

과거에 진한 사이였던 것 같은 히로인은 게임의 밸런스가 무너지기 때문에 미소녀 게임에서는 잘 다루지 않는데, 이 사람은…….

"뭐, 일전의 미소녀 게임 기획의 리벤지를 하러 온 거겠지만 말이야."

"뭐야, 알고 있었던 거예요?"

"그 어떤 일이라도 끈질기게 매달리며 포기할 줄 모르는 점이, 너의 가장 큰 결점이자 치명적인 단점이잖아."

"보통 그런 소리 할 때는 장점이나 미덕 같은 단어도 넣는 게 룰 아니에요?"

게다가 그런 대사를 "정말 어쩔 수 없다니깐."이라고 말할 때 지을 법한 미소를 지으면서 했기 때문에 더 미묘했다.

"그게 목적이라면 일부러 이런 곳까지 오지 않아도……."

"실은 목적 중 반은 사인회였거든요."

"뭐……."

나는 이 순간을 기다렸다는 듯이 호주머니에서 조그마한 종이봉투를 꺼냈다.

"선배, 사랑에 빠진 메트로놈 완결 축하드려요……. 1년 반 동안 집필하느라 정말 수고하셨어요."

"고……마워."

내 말을 들은 선배는 의표를 찔렸는지 약간 부끄러워하는 듯한 기색을 보였다.

평소의 무뚝뚝한 표정 때문일까, 부끄러움을 타는 선배는 정말 귀여워 보였다.

하지만 이 정도 갭에 속아 넘어가는 녀석은 구제할 길 없는 미소녀 게임 중독자다. 나처럼 말이다.

"……이 미묘한 조형의 미소녀 피규어는 뭐야?"

"아, 이치방쿠지[#5]를 두 장 뽑았는데 C상이 두 개 나와서

#5 이치방쿠지(一番くじ) 캐릭터 상품이 걸린 꽝 없는 제비뽑기. 피규어, 인형, 머그컵, 키홀더 등 각양각색의 상품이 경품으로 걸린다.

요."

"……그래? 고마워. 소중히 간직할게."

"소중히 간직한다 해놓고 왜 캐스트 오프#6 시키는 거예요?"

하지만 다음 순간, 선배가 표정을 굳힌 덕분에 나는 더 이상 그녀에게 휘둘리지 않았다.

"저, 저기, 카스미가오카 선배……가 아니라……."

"……그냥 선배라고 불러. 으음, 카토 양이라고 했지?"

선배에게 마구 휘둘리는 나를 도와주려는 건지, 아니면 별생각이 없는 것인지…… 아마도 후자인 것으로 보이는 카토가 용기를 쥐어짜내 선배에게 말을 걸었다.

"최종 권 발매 축하드려요. 저는 어제 처음으로 1권을 접했는데, 너무 재미있어서 밤을 꼬박 새며 마지막 권까지 다 읽어버렸어요."

"하룻밤 만에 다 읽을 수 있을 만큼 가볍고 내용이 빈약한 책이라고 칭찬해줘서 고마워."

"그건 칭찬이 아니거든요? 그리고 카토는 그런 소리를 한 마디도 안 했다고요."

"으, 으음…… 그리고 오늘 사인해주셔서 고마워요."

"그, 그래……."

"실은 오늘, 생전 처음으로 사인을 받아봤어요……. 이

#6 캐스트 오프 탈착 가능하게 만들어진 피규어의 의상을 벗기는 것.

책, 소중히 간직할게요."

"카토 양……."

카토가 선배의 비아냥을 듣고도 진심 어린 목소리로 말을 건네자, 선배는 약간 당황한 듯했다.

하지만…….

"역시 안 되겠어. 그 책, 다시 줘봐."

"아, 그, 그렇지만……."

"선배. 솔직히 그건 좀……."

카토의 진심 어린 말조차, 우타하 선배에게는 전해지지 않은 것일까…….

"다시 사인해줄 테니까 잠시만 줘봐. 응?"

"예? 다시 사인해준다고요……?"

"자, 잠깐, 이 사인 뭐야?! 지렁이가 기어가는 듯한 글자라서 사인 받을 때는 눈치 못 챘는데, 지금 자세히 보니 『가토 쇼우지』라고 적혀 있잖아!"

참고로 내 사인본에는 『브리키』라고 적혀 있었다.

"뭐, 아무튼……."

"아무튼은 무슨 아무튼이에요! 아는 사람에게 보여주기라도 했다간 창피를 당했을 거라고요!"

말뿐만 아니라 손버릇까지도 이렇게 사악할 줄은 몰랐다.

"나처럼 인기 없는 작가의 사인회에 와줘서 고마워."

또 마음에도 없는 소리를—.

“그렇지 않아요. 오늘도 많은 사람들이 사인회에 왔잖아요.”

“그, 그랬어?”

“아, 아하하.”

자학성 멘트라는 사실을 아는 나라면 그냥 흘려들었을 말에도 카토는 성실하게 반론했다. 아무래도 그녀는 내가 생각했던 것보다 더 순수하고 좋은 녀석인 것 같았다.

뭐, 우타하 선배의 대화 스타일을 파악하지 못했을 가능성도 있지만 말이다.

“게다가 인터넷상에서도 엄청 인기잖아요.”

“그래. 두 히로인의 파벌로 나뉘어서 엄청 싸워댔다는 건 나도 알아.”

그건 전부 아슬아슬한 삼각관계를 쓴 선배 때문—.

“아뇨. 작품 자체도 높이 평가되고 있어요. 최근에 나온 러브 코미디 중에서 최고라는 글도 많이 봤어요.”

“고, 고마워.”

“아, 아하하.”

큰일 났네. 카토의 진심 어린 칭찬을 들을수록 우타하 선배와 내 마음속의 어두운 부분이 부각되고 있어.

“그리고 엄청 열광적인 팬 사이트도 있던걸요? ……선배의 펜네임으로 검색하면 가장 윗줄에 나오니까 선배도 본 적 있을 거예요.”

"팬 사이트, 라면……."

"윽……."

"그 팬 사이트의 관리인인 TAKI라는 사람이 쓴 작품 관련 글도 정말 좋았어요. 작품에 대한 애정이 넘쳐흐르는 것 같았다고나 할까……."

"그래. 넘쳐흐르는구나……."

"……."

그리고 우타하 선배는 더욱 거북한 표정을 지으면서 나를 힐끔 쳐다보았다.

"그 사람, 주인공에게 과도할 정도로 감정 이입을 했는지 매 권마다 마음에 들어 하는 히로인이 바뀌더라고요. 그 글을 읽으면서 어찌나 웃음이 나던지……."

"그래. 웃음이 났구나……. 후후후."

"아, 아하하."

"하지만 그렇게 몰입할 수 있는 무언가를 찾아낸 그 관리인이 조금 부럽기도 했어요."

"그래. 부럽긴 해……. 후후후."

"아하하하하."

그리고 나는 메마른 웃음을 흘릴 수밖에 없었다.

"독자가 그 정도로 빠져들게 만드는 점이, 선배의 작품에 파워가 있다는 증거라고 생각해요……. 아, 이것도 TAKI라는 사람이 했던 말이에요. 아하하."

"후후, 후후후."

"아하, 아하하, 아하하하하."

"……방금 제가 한 이야기, 그렇게 웃겼어요?"

"아니, 정말 좋은 이야기라고 생각해. 후후훗."

"하, 하나도 안 웃겨…… 아하하하하, 하아……."

그렇다. 정말 좋은 이야기였다.

조금 전의 카토는 평소와는 달리 열의가 넘쳤고, 캐릭터성 또한 강렬했다.

마치 오타쿠가 자신이 좋아하는 작품에 대해 이야기하는 것 같았다. 이걸 칭찬이라고 할 수 있는지는 모르겠지만 말이다.

……하지만 이 에피소드의 전제가 되는 부분에 좀 문제가 있었다.

"아직 최종 권의 감상이 올라오지 않은 건 조금 유감이에요. 그 마지막 장면을 TAKI 씨는 어떤 식으로 받아들였는지 정말 궁금하거든요."

"들었지? 윤리 군."

"죄송해요. 요즘 좀 바빠서……. 다음 주 월요일까지는 꼭 올릴게요."

"…………뭐?"

우리가 느끼고 있는 거북함은, 그 순간 최고조에 달했다.

"아키 군이 운영하는 사이트였어?!"

"응……."

그 사이트의 관리인인 TAKI가 토(T)모야 · 아(AKI)키를 이용해 만든 간단한 수수께끼……는 무슨. 단순한 로마자 표기잖아. 그 정도는 눈치채라고, 카토.

뭐, 말도 안 되는 소리라는 건 알지만 나도 수치심이라는 걸 느낀단 말이다.

"그, 그럼, 카스미가오카 선배와 아키 군은 진짜로 사귀는……."

"잠깐만. 왜 그 이야기가 또 나오는 거야?"

"그, 그야, 아키 군은 카스미가오카 선배의 둘도 없는 팬이잖아?"

"열광적인 팬이 작가와 사귈 수 있다는 건 오타쿠들이나 할 법한 망상이야!"

"하지만 거기에 리얼 지인이라는 설정이 부가되면 리얼리티가 상승할 것 같은데? 에로 게임 설정 같이 말이야."

"당사자가 그딴 소리 하면 어쩌냐고요……."

에로 게임의 설정 같다는 것 자체가 오타쿠의 망상이라는 소리잖아.

그리고 작가라면 리얼리얼리티[#7]는 관두라고.

#7 리얼리얼리티 투하트의 시나리오를 담당했던 '초선생(超先生)' 타케바야시 아키히데가 만들어낸 단어로, 보통 중복표현과 작품 안에서의 기묘한 전개를 가리킨다.

"하지만 두 사람의 이야기를 들으면 들을수록 과거에 무슨 일이 있었던 것 같은 느낌이 드는 건 내 기분 탓이야?"

"과거에 무슨 일이 쬐끔 있기는 했다고! 『사랑에 빠진 메트로놈』에 완전히 빠져서 팬 사이트를 만들었는데, 알고 보니 그 작품의 작가가 같은 학교 한 학년 선배였던 것뿐이야."

"아, 그러고 보니 그때도 비슷한 소리를 했었어. 끄트머리만 살짝 넣겠다고 했었지, 아마?"

"끄트머리만 넣은 적 없거든요?! 아니, 그딴 소리를 한 적도 없다고요!"

누구를 상대로 방어 태세를 취해야 할지도 모르겠잖아.

"봤지? 남자 오타쿠는 궁지에 몰리면 얼간이가 돼. 그러니 당신도 조심해."

"저기, 그렇다면, 역시……?"

……역시 선배 쪽에서 날아오는 공격이 더 강렬했다.

이상하네. 나와 같은 처지인데 왜 저러는 거지?

"연애물을 쓰려면 그런 쪽 이야깃거리를 모아야 하지 않겠어? 나도 그렇게 인생 경험이 풍부한 편은 아니거든."

"그, 그런가요?"

"그럴 때 열렬한 팬을 자처하는 남자애가 눈앞에 나타나서 뜨거운 목소리에 나에 관해 이야기한다면, 흔들리지 않고 배길 수 있겠어?"

"선배가 아니라 선배의 작품에 대해 이야기했다고요……."

이래서 3차원은 싫대이…….

"게다가 그런 남자애가 운영하는 사이트의 영향으로 판매량이 30%나 늘었다는 이야기를 편집자에게 듣는다면, 주저나 망설임도 다 사라지지 않겠어?"

"그, 그 사이트, 그렇게 영향력이 큰가요?!"

"딱히 그러려고 사이트를 운영하는 건 아니라고."

이 찝찝한 느낌은 정말 최악이대이…….

"그래서 이쪽은 완전 OK였는데 이 윤리 군은 정말……."

"지금 이 자리에 있는 캐릭터는 전부 19세 미만이거든요?!"

그만해, 제발 그만해……. 더는 못 버티겠다고…….

이야기가 계속 그쪽으로 흘러간다면 편집부 쪽에서 스톱시킬 거란 말이다.

"처, 처녀나 동정은 제대로 된 연애물을 만들 수 없다는 건 속설이에요! 처녀나 동정들의, 미경험 지대에 대한 동경과 이상과 망상의 폭발이야말로 동정 유저들의 마음을 휘어잡을 수 있다고요! 처녀들도 마찬가지인지는 모르겠지만요! 아무튼, 경험 과다 여성의 냉소 같은 건 상대할 가치도 없다고요! 참고로 작가가 처녀라면 유저들은 한 단계 위의 망상에 빠질 수 있으니 완전 최고란 말이에요! 그리고 애니메이션화되었을 때 히로인을 담당한 성우도 처녀라면 완벽하게……!"

"아키 군, 아키 군, 어디 가는 거야……?"

"편집부 쪽에서 스톱을 걸 때가 된 것 같네……."

더 이상은 정말…….

"그러니 카토 양도 조심해."

"뭐, 뭘 말이에요……?"

"이 남자, 한 반년 동안은 카토 양을 애지중지하는 척하면서 떠받들어 줄 거야. 하지만 내년에는 다른 여자…… 정확하게 말하면 다음 프로듀스 대상을 찾아 떠날걸?"

"잘못했습니다요. 사이트 갱신할 테니까 중상모략 좀 그만해주세요."

최종 권도 1리터 가량의 눈물을 흘리면서 열 번이나 읽었는데, 이딴 소리를 들어야 하다니…….

"뭐, 새로운 걸 좋아하고, 남을 치켜세우는 것도 잘하고, 사람 대할 때 스스럼이 없고, 끈질기기도 한, 우수한 동인 파락호 같은 녀석이지만…… 그건 인간쓰레기나 별반 다를 바 없다는 소리네."

"동인 파락호 취급은 좀 너무해요……."

우수한 동인 건달이 인간쓰레기나 다름없다는 견해에는 동의하지만 말이다.

"저, 저기, 카스미가오카 선배……."

지금까지 당황한 듯한 표정으로 우리 이야기를 듣고만 있던 카토가 입을 열었다.

"이번 일에서만큼은, 아키 군에게 그런 뜻이 없을 거라고 생각해요……."

"카, 카토……."

게다가 나를 향해 도움의 손길을 내밀다니…….

"왜 그렇게 생각하는 거야? 『나, 엄청 사랑받고 있단 말이야~. 버림받은 선배 불쌍해~. (웃음)』 같은 반응을 보이는 근거라도 있는 거야?"

"제발 부탁이니까 자기 이미지 박살 내는 발언 좀 그만해요……."

"그게 말이죠. 아키 군은 저한테 흥미가 없거든요."

"카토, 너도 마찬가지야……."

나를 도와주려는 건 줄 알았더니, 아무래도 그런 의도는 전혀 없는 것 같았다.

"왜 그렇게 생각하는 건데? 『그는 내 앞에서는 항상 무뚝뚝한 척하지만, 실은 부끄러움을 타는 것뿐이야~♪』라는 생각은 눈곱만큼도 하지 않는 거야?"

"어? 아키 군, 그런 거야?"

"저기, 완전히 의표를 찔린 듯한 반응 보이지 마."

하다못해 "꺄, 꺄아. 너, 대체 무슨 생각으로 그런 거야?!"라고 말하는 듯한 표정을 지었으면 좋겠지만, 카토에게 그런 걸 바라는 건 무리겠지…….

카토의 평소와 별반 다르지 않은 반응을 보고 안도한 나는 겸사겸사 다른 의미가 담긴 한숨을 내쉬었다.

“저기, 카토 양…….”

“예?”

하지만 우타하 선배는 그런 ″평소와 다름없는 카토″가 약간 의외였던 것 같았다.

“그럼 카토 양은 왜 윤리 군의 바보짓에 어울려주는 거야? ″네가 히로인인 미소녀 게임을 만들자.″ 같은 어이없는 소리를 본인 앞에서 하는 녀석이란 말이야.”

“저기, 선배…… 하아, 이제 됐어요.”

뭐, 그 어떤 상황에서도 말투에 변함이 없다는 점 하나만큼은 대단하다고 생각하지만 말이다.

“꽤 재미있기도 하고, 딱히 할 일이 없어서 심심하던 참이었거든요.”

“게임 제작을 향한 그의 정열(후훗)에 공감한 거야?”

“왜 말하던 도중에 웃음을 터뜨리는 거예요?”

“꼭 그런 건 아니지만, 카스미가오카 선배나 사와무라 양만큼 비관적이지는 않아요.”

“그의 기획이 성공할 거라고 생각해?”

“으음, 그건 모르겠지만…… 아키 군의 행동력이라면 왠지 재미있어질 것 같은 느낌이 들어요.”

"그럼…… 그를 믿는 거야?"
"예? 아키 군을요? 왜요?"
"가장 중요한 부분에서 귀엽게 고개를 갸우뚱거리지 마."
하다못해 『예? 그, 그건…… 바, 바보 아니에요?! 믿을 리가 없잖아요! 바보에 밝힘증에 자기 잘난 맛에 사는 녀석을 어떻게 믿냐고요!』 같은 표정을 지어줬으면 좋겠는데……. 뭐, 카토에게는 무리겠지.
"저기, 윤리 군. 이 애, 가능성이 없어 보이는데? 이런 애한테 『내가 너를 히로인으로 만들어주지. ……그 대신, 뭘 해야 하는지는 알지? 크크큭』 작전이 과연 통할까?"
"그런 작전 세운 적 없다고요."
"그렇구나……. 그래서 도발해도 반응이 없었던 거야. 모소꿉친구라면 얼굴이 시뻘겋게 달아올랐을 텐데 말이야."
"저기, 느닷없이 이런 질문을 드려 죄송하지만, 방금 말한 소꿉친구는……."
"죄송하다고 생각한다면 아예 묻지 마!"
이 순간, 나는 양 팀 선수에게 동시에 옐로카드를 주는 주심의 마음이 이해됐다.

※ ※ ※

"어느새 해가 졌네……."

오후 여덟 시가 지나자, 와고 역 앞 빌딩 숲에 달이 떠올랐다.

그 모습은 『사랑에 빠진 메트로놈』 최종 권에 나왔던, 삼각관계에 결판이 난 그날 밤을 떠올리게—.

“저기, 토모야 군.”

“…….”

“……토모야 군?”

“…………아, 나 불렀어요?!”

방금 반응이 느렸던 것은 달을 보면서 감상에 빠져 있었기 때문이지, 결코 오늘 처음으로 우타하 선배에게 본명으로 불렸기 때문이 아니라는 사실을 이 자리에서 밝혀두겠다.

“정말 저 애를 히로인으로 삼을 생각이야?”

“그건…… 으음, 예.”

와고 시에 올 때와 마찬가지로 편의점에 간 카토를 기다리는 동안, 나와 우타하 선배는 지금 이 자리에 없는 메인 히로인에 대해 이야기를 나눴다.

“그녀에게 반해서?”

“예? 아, 예. 맞아요.”

“……그 대충대충 대답하는 듯한 느낌이 불안감을 조성하는데 말이야.”

“그, 그게 말이죠. 처음 만났을 때는 한눈에 반했다고 생각……했는데…….”

그렇다. 그래서 이런 기획을 짜게 된 것은 분명 사실이다.

그저, 중간부터 기획의 방향성이 좀 이상해졌을 뿐이다.

"즉, 네가 하려는 건 보상 심리에 의거한 행위……. 자신이 좋아하게 『되었을지도 모르는』 여자애를 매력적으로 만들어, 자신의 안목이 틀리지 않았다고 생각하며 자기만족에 빠지려는 거지?"

"으으윽……."

단 한 마디도 대꾸할 수 없었다…….

"뭐, 어찌 됐든 간에, 이대로는 나와 사와무라 양의 협력을 얻을 수 없을 거야."

"우타하 선배……."

"딱히 옛날에 버린 여자에게 매달리는 네가 마음에 들지 않아서 협력하지 않겠다는 건 아냐. 그저 부족한 점이 너무 명확하게 보이거든……."

"그 이야기와 옛날에 버린 여자 어쩌고는 딱히 상관이 없는 것 같은데요?"

그리고 선배와 나는 사귄 적이 한 번도 없다.

이대로 우타하 선배가 전 애인이라는 최강 속성까지 얻게 된다면, 나는 울며 겨자 먹기로 카스미가오카 우타하 단일 루트에 돌입하게 될 것이다.

"하지만 소재는 괜찮은 편이니까, 카토의 캐릭터성만 어떻게 확립하면……."

"문제는 그런 게 아니야."

"그럼 뭐죠?"

"으음, 너희에게 부족한 것은……."

다음 순간, 내 오른쪽 귀에 누군가의 숨결이 닿았다.

"오래 기다렸지~? ……어, 어머? 카스미가오카 선배는?"

"……먼저 돌아갔어."

"그렇게 보내도 괜찮은 거야?"

"응, 괜찮아."

우타하 선배는 작별 인사를 건네면서도 거짓말과 성희롱성 발언을 해댔다.

하지만 마지막의 마지막 순간, 진심 어린 충고와 찬스를 줬다.

"딱 한 번만 기회를 줄게."라는 최대한의 양보를 해준 것이다.

"카토……."

"응?"

그러니 이제 문제없다.

"내가 어떻게든 해볼게."

"아키 군?"

우타하 선배가 한 말이 뼛속까지 사무쳤다.

하지만 그 점만큼은 아직 해결의 실마리조차 보이지 않

았다.

그러니 지금까지 해왔던 대로 계속 해나가는 수밖에 없다.

"그러니까 카토는 걱정하지 마. 내가 반드시 이 기획을 성사시키겠어."

그렇다. 내가 어떻게든 하는 수밖에…….

"아, 응……. 하지만 성사 안 되더라도 너무 아쉬워하지는 마."

"카토, 부탁이니까 내 의욕도 좀 신경 써주라. 응?"

그리고 그 후…….

집으로 돌아가기 위해 열차에 탄 나를, 맞은편 좌석에 앉은 우타하 선배는 한 시간 동안 무시무시한 눈으로 노려보았다.

이 노선은 30분에 한 대밖에 운행하지 않으니까 어쩔 수 없잖아요…….

제6장

8월 31일의 남자 #무슨_소리인지_아는_크리에이터는_RT

"하아아아암~."

"……졸리나 보네."

골든 위크 전반부가 끝나고 맞이한 화요일.

등교일이라 학교에 온 내가 쉬는 시간에 수면을 취하고 있을 때, 귀에 익은 굵직한 목소리가 들려왔다.

"그래. 잠을 못 잤거든."

"뭐야. 골든 위크 동안 아르바이트에 빠져 산 거야? 대체 이번 시즌에는 몇 타이틀에나 시주할 생각인 거야?"

"아르바이트하는 거 아냐."

참고로 시주, 즉 블루레이 시리즈를 구입하기로 결심한 이번 시즌 애니메이션은 다섯 타이틀이니 아르바이트를 하기는 해야겠군…….

"그럼 이번 연휴 중에 아키하바라 안 갈래? 아르바이트 안 한다면 밀린 애니메이션이나 게임이나 소화하면서 연휴를 보내고 있을 거 아냐."

그 말을 들은 순간, 내 머릿속은 분노로 가득 찼다.

휴일에 아침 일찍 일어나, 방문을 잠그고 시계와 핸드폰을 숨긴 후 녹화해둔 애니메이션을 보거나 쌓아둔 게임을 히죽거리면서 플레이하는 것이 얼마나 행복하고 소중한 시간인가…….

"무리야. 아르바이트하는 건 아니지만 바빠."

뭐, 지금은 그런 본질론에 대해 논의할 때가 아니지만 말이다.

"뭐야. 대체 뭐하기에 그렇게 바쁜 건데? 마누라라도 생겼냐?"

"왜 여친(3차원)이 아니라 마누라(2차원)인 거야?"

나는 눈앞에 있는 상대를 노려본 후, 겸사겸사 복도 쪽에 있는 자리를 쳐다보았다.

"뭐, 나야 너한테 여친이 생겨도 딱히 상관은 없거든? 진짜로 그런 애가 생겼으면 소개해줘. 토모야의 여친이라면 코스튬 플레이어나 신인 성우, 혹은 부녀자(腐女子)겠지? 그 여자애의 친구들도 불러서 오프라인 모임을 가지자고."

"그건 오프라인 모임이 아니라 단체 미팅 같은 거잖아."

어찌 된 영문인지 나와 카토에 관한 핑크빛 소문은 전혀 돌지 않았다.

보름 동안 토요일도 포함해 매일같이 함께 있었고, 학교 안에서 단둘이 있는 모습을 목격한 녀석도 적지 않을 텐데 말이다.

내 취향이 전교생에게 파다하게 알려졌기 때문에 소문이 돌지 않는 걸지도 모르지만, 아무래도 이유는 그것만이 아닌 것 같았다.

혹시 카토에게도 그런 소문이 나지 않게 하는 안전장치 같은 것이 있는 걸까?

어쩌면 반대일지도…….

"아, 종이 울렸네. 그럼 나는 간다, 토모야."

"그래. 또 보자."

참고로 방금 대화를 나눈 상대는 요시히코가 아니라 미요시 켄지라는 녀석이다.

미소녀 게임에서 중요도 낮은 주인공의 남자 친구는 스탠딩 CG를 안 그려도 되니까 간단하게 추가할 수 있는데 말이야.

"무대는 다차원 판타지 세계의 도시인데……."

방과 후의 교실은 창밖으로 보이는 하늘이 두꺼운 구름에 덮여 있어서 그런지 어둑어둑했다.

"히로인은 데뷔를 목전에 둔 신인 아이돌이고……."

창밖에서는 굵은 빗방울이 운동장에 떨어지는 소리가 들려왔다.

"아, 주인공은 프리 카메라맨 겸 매니저이며……."

그 격렬한 빗소리에, 내 목소리는 거의 가려지고 말았다.

"그리고 히로인은 기억을 잃은 채 마을 안을 돌아다니다 주인공과 만나서 동거하게 된다는 설정인데……."

여러 작품의 설정을 얼기설기 이어 붙여 만든 듯한 내 이야기는 입에서 나온 순간 잡음으로 가득 찬 공간에 녹아들 듯 사라졌다.

"어느 날, 사무소 사장의 명령으로 그 히로인을 아이돌로 데뷔시키게 되면서 이야기는 시작되고……."

"저기……."

"히로인의 파라미터는 보컬, 댄스, 비주얼, 기품, 근성, 섹시, 도덕성 같은 게 있는데……."

"저기 말이야……."

"어느 파라미터를 올리는가에 따라 엔딩에서 히로인이 가지게 되는 직업이 변하고……."

"잠깐만……."

"S랭크 아이돌뿐만 아니라, 왕의 마음에 들어서 공주가 될 수도 있어. 하지만 잘못 키우면 창녀나 사기꾼이 되기도 해. 참, 물론 주인공과 결혼하는 엔딩도……."

"입 닥쳐어어어엇~!!!"

"우와, 고함지르지 마. 다른 사람들에게 폐가 되잖아."

"밖이 너무 시끄러워서 네가 무슨 소리 하는지 하나도 안 들린단 말이야!"

"……하긴 그래."

그 순간, 엄청나게 강렬한 빛이 교실 안을 가득 채우더니 그 뒤를 위어 뇌명(雷鳴)이 교실을 뒤흔들었다.

그것도 에리리의 분노에 찬 고함에 호응하기라도 한 것처럼 완벽한 타이밍에…….

"나, 이제 돌아갈래. 이번에도 완벽하게 헛되고 쓸모없는 시간이었어."

"기, 기다려봐. 아직 설명이 끝나지—."

"지금까지 네가 한 설명만으로도 전체적인 설정이 무너지고 있단 말이야."

"으윽~."

지금부터 지방 연동 기획이나 레어 카드, 룰렛, 과금 시스템 같은 착취— 아니, 꿈과 희망이 넘치는 기획을 설명할 건데…….

"일전의 프레젠테이션 때보다는 조금 나아졌나 했더니…… 결국 여러 육성 시뮬레이션 게임을 대충 섞어서 만든 쓰레기 기획이잖아."

"일전에도 대충 섞어서 만든 거였는데…… 그리고 이번에는 장르가 다르고……."

"방금 그걸 변명이랍시고 한 거야? 여죄를 자백한 것뿐이잖아!"

자, 이번에는 몇 개의 게임을 섞어서 만든 것일까요~?

"그런데…… 이번에는 시스템 쪽에 꽤 중점을 둔 것 같네."

우타하 선배는 약간 어이없어 하는 듯한 목소리로 말했다.

"윽……."

에리리가 언짢아하면서 입을 다문 것도 지난번과 똑같았다.

"선배가 새로운 작품을 준비하고 있다니까, 시나리오 면에서의 부담을 덜어드릴—."

"뭐, 논할 가치도 없는 내용이라는 점은 변함없지만 말이야."

"……생각이었는데, 괜한 배려였나 보네요."

지난 주말, 독설 후에 상냥한 미소라는, 남자들을 한 방에 뿅 가게 만드는 패턴으로 나에게 한 번 더 기회를 준 이는 바로 이 사람이다.

"지난번은 밤 열 시 정도에 포기한 것 같은 느낌이었지만, 이번에는 아침 일곱 시까지 악전고투한 것 같은 느낌이네. 한밤중에 돌아가지 않는 머리를 억지로 쥐어짠 덕분에 더 엉망진창이 된 것 같아."

"으~."

하지만 그녀가 나에게 한 번 더 찬스를 준 것은 바닥을 기어 다니는 나를 비웃으면서 자신의 사디스트적인 욕구를 만족시키기 위해서였던 것 같았다.

“자, 윤리 군. 이제 어떻게 할 거야? 이게 네 능력을 찌꺼기조차도 남지 않을 만큼 쥐어짜내서 만든 혼신의 역작이라면 좀 더 신경 써서 체크해줄 수도 있어.”

“……다시 써 올 테니 그때 신경 써서 체크해주세요.”

성격은 더럽지만 능력이 뛰어난 사람이 입에 담는 정론은 왜 듣는 이의 마음을 이렇게 착잡하게 만드는 걸까…….

나는 그런 생각을 하면서 기획서 다발을 구겨버리려다…… 뒷면을 재활용해야겠다고 생각하면서 가방에 집어넣었다.

으윽, 그랬더니 더 스트레스가 쌓이고 말았어!

“잠깐, 이 바보짓을 계속할 생각이야?”

이번에는 다른 방향에서 짜증 섞인 목소리가 날아왔다.

“제발 부탁이야. 이번에야말로 최종 원고를 가지고 올게.”

뭐, 이쪽도 성격이 더럽고 능력이 뛰어난 녀석이기는 하지만, 두뇌가 논리적인 편은 아니기 때문에 대하기는 꽤 편했다.

그렇다고 다루기 쉽다는 건 아니지만 말이다.

“사와무라 양, 한 번만 더 기회를 주자. 어차피 연휴가 끝나고 나면 한동안 참가할 이벤트가 없잖아?”

“나는 이런 쓸데없는 일에 내 소중한 인생을 소비하는 게 싫은 것뿐이야.”

"즉, 윤리 군이 당신의 인생을 엉망진창으로 만들지는 않을까 걱정하고 있는 거네?"

"걱정 안 해! 그리고 이딴 바보가 엉망진창으로 만들 수 있을 만큼 썩어빠진 인생을 살고 있지 않아!"

"왜 입 다물고 있는 나를 쳐다보면서 그딴 소리를 하는 거야……."

정말 머리가 나빠서 다루기 힘든 녀석이라니깐.

"……이번이 진짜 마지막이야. 다음 기회는 없어."

"오케이. 내가 지금까지 너한테 거짓말을 한 적이 있어?"

"일주일 전의 DVD 사건을 필두로 셀 수도 없을 만큼 많아."

"농담과 거짓말을 같은 선상에 두고 이야기하지 말라고, 에리링."

"아하, 방금 그게 거짓말이 아니라 농담이라는 거네. 뭐, 양쪽 다 수천수만 번 죽어 마땅한 레벨이기는 하지만 말이야."

으윽, 초등학생 때 내가 붙여준 열일곱 가지 별명 중 가장 귀여운 별명으로 불렀을 뿐인데 왜 저런 독설을 늘어놓는 거야. 에리림보ㅋㅋㅋ나 LED 같은 것보다는 훨씬 나은 별명이잖아.

"그럼 윤리 군. 라스트 찬스의 마감은 언제로 할 거야?"

"……연휴 중에 열심히 써서, 연휴가 끝나자마자 바로 가지고 올게요."

"그래? 하긴, 시간을 많이 준다고 좋은 기획을 짤 수 있는 건 아니지."

하지만 이 마감 일자 설정은 꽤 물렀다.

그것도 그럴 것이 세간은 현재 골든 위크 기간이다. 즉, 나에게 주어진 시간은 일주일이나 되는 것이다.

동인 게임의 기획서 하나 쓰기에는 충분하고도 남는 시간이다.

"그럼 다음은 골든 위크가 끝난 후에—."

"아, 그런데 윤리 군."

결의를 다지면서 시청각실을 나서려는 나에게, 우타하 선배가 말을 걸었다.

"예?"

"오늘은 왜 그녀가 안 온 거야?"

"……윽."

나는 그 말을 듣고 약간 안도했다. 하지만 다음 순간, 숨을 삼키고 말았다.

"아, 그러고 보니 그 애가 안 보이네. ……이름이 뭐였더라?"

"너희 둘, 친구 사이 아니었어……?"

너희가 그 녀석을 인식 해줘서 안도한 순간, 꼭 그딴 소리를 해야겠냐고.

"뭐, 사와무라 양이 그 애를 무시하고 싶어 하는 마음도 이해는 되지만……."

"아앙? 무슨 소리 하는 거야?! 그리고 항상 이상한 쪽으로 이야기를 몰고 가기 때문에 당신이랑은 말을 섞기 싫은 거야."

"너희, 정말…… 아니, 됐어."

저 두 사람의 접점은 나뿐일 터……. 그렇기에 나도 쓸데없는 생각을 멈출 수밖에 없었다.

"아~ 물론 기억하죠, 카토 양. 카토 메구미 양~. 어디 계신가요~?"

"……이번 연휴 동안 가족들과 홋카이도로 여행을 갔어."

이 상황에서 "네가 어린애냐." 같은 소리를 했다간 또 이야기가 다른 방향으로 샐 것 같았기에, 나는 에리리의 태도를 무시하기로 했다.

"어~ 그래? 윤리 군, 벌써 그녀와 헤어진 거야?"

"아니, 딱히 그런 건…… 애초에 사귄 적도 없다고요."

"하긴, 토모야는 예전부터 남에게 잘 반하는 만큼 빨리 질려버리는 최악의 쓰레기였지."

"자, 잠깐. 내가 언제 그랬다는 거야?!"

"1년 전에도 한 라이트노벨 작가와……."

"사와무라 양은 앙심을 한번 품으면 오래가는 타입이구나."

"저기, 선배가 그렇게 만드는 것처럼 보이는데……."

뭐, 아무튼…….

존재감 없이 한쪽에 가만히 있는 그녀는 오늘 이 자리에 참석하지 않았다.

내일도, 모레도…… 연휴가 끝나는 그날까지, 그녀를 만날 수 없다.

※ ※ ※

『어? 뭐? 미안, 잘 안 들려.』

"너 지금 삿포로야? 꽤 시끌벅적하네."

그리고 수요일 밤.

골든 위크 후반부를 앞둔 학생들이 마음껏 들떠도 되는 날.

『무슨 말을 하는 건지 잘 안 들려. 그것보다, 마감이 언제라고 했어?』

"다음 주 초. 그러니 연휴 안에 완성해야 해."

『뭐? 그럼…….』

"괜찮아. 이쪽 일은 신경 쓰지 말고 여행이나 마음껏 즐기고 와."

그리고 연휴 같은 것과는 거리가 먼 나와, 이미 연휴를 만끽 중인 카토의, 약간 핀트가 어긋난 대화.

『꽤 중요한 시기에 학교를 쉬게 되어서 정말 미안해.』

전화기 너머에 있는 카토의 목소리는 여행지의 시끌벅적한 소리 때문에 잘 들리지 않았다.

아니, 어쩌면 내가 그녀의 목소리에 귀를 기울이지 않는 것뿐일지도 모른다.

"온 가족들이 함께 하는 마지막 여행이라면서? 그게 더 중요한 일이잖아."

이틀 전부터 학교를 쉰 카토는 일주일 예정으로 홋카이도 여행을 갔다.

올해 여름에 결혼하는 언니의 제안으로, 카토의 가족들은 미래의 형부에게 자금을 지원받아 마지막 가족 여행을 떠났다.

"그리고 그 여행은 작년에 계획한 거라면서?"

『으, 응. 그래.』

……그런 가슴 따뜻해지는 이야기를, 나는 어제, 카토 본인이 아니라 클래스메이트에게서 들었다.

"기획서 마감은 어제 내가 멋대로 정한 거잖아. 그러니 카토는 신경 쓰지 마."

우리는 그저 서로의 사정에 맞춰 행동했을 뿐이다.

카토에게는 한 달 전부터 알고 지내게 된 친구의, 꽤나 제멋대로인 사정에 어울려줄 의리 따위, 전혀, 완전히, 눈곱만큼도 없을 테니까 말이다.

『으음, 정말 괜찮은 거야? 혼자서 할 수 있겠어?』

"……대체 왜 그렇게 걱정하는 거야?"

『으, 응? 그렇지만 아키 군…….』

하지만 내 목소리는 너무나도 한심했다.

여행 중인 카토가 걱정할 만큼 한심하기 그지없었다.

"어차피 여기 있어봤자 딱히 할 일도 없잖아."

『아하하. 뭐~ 그건 그래~.』

"……."

이 한순간의 침묵조차도 한심했다.

카토가 저런 말을 할 수밖에 없도록 몰아간 사람은 바로 나인데…….

하지만 카토의 평소와 다름없이 가벼운 목소리를 들은 순간, 약간…….

『아키 군?』

"응? 왜?"

『혹시…….』

"아, 그럼 슬슬 끊을게. 나도 빨리 기획서를 완성해야 하거든."

『아, 응……. 그런데 그런 단어를 들으니 왠지 본격적으로 시작된 것 같은 느낌이 드네~.』

"정확히 말하자면 본격적으로 시작할 수 있을지 없을지를 가르는 갈림길이지만 말이야."

『아하하, 맞아……. 아키 군만 믿을게.』

믿는다……라.

『윤리 군. 전에 말했지만…… 너는 우리를 끌어들이기 전에 해야 할 일이 있지 않아?』

『해야 할, 일…….』

『카토 양이 진심으로 이 기획에 참가하지 않는다면 아무 의미도 없잖아.』

믿게 해서는…… 기대게 해서는 안 된다고, 선배가 말했었지.

『그녀에게 가장 부족한 것은, 캐릭터성이 아니라 의욕이야.』

『뭐, 그건 그래요.』

『……캐릭터적으로도 미묘하다는 것도 일단 인정할게.』

『현역 라이트노벨 작가가 인정할 정도군요.』

『하지만 그런 건 의욕으로 커버할 수 있지 않아?』

『…….』

『반짝이려 하지 않는 히로인을 반짝이게 만들 수 있을 만큼, 나는 천재도 변태도 아냐.』

카토가 존재감이 없는 것은, 존재감을 드러내려 하지 않기 때문이다.

그 점은, 카토가 군말 없이 나에게 휘둘려주는 바람에 겉으로 드러나지 않았다.

『즉, 이미 휘말렸다면 전력을 다하라……는 거야.』

『아, 그 말은…….』

『옛날에 어떤 이벤트에서 어떤 바보 때문에 말도 안 되는 짓을 하게 됐을 때 들었던 말이야.』

『에리리…….』

『뭐, 그 후에 "다시는 네 부탁을 안 들어줄 거야."라고 맹세했지만 말이야.』

『좋은 이야기하는 척해놓고 실은 방어벽 설치한 거였어요?』

간단히 휘말려주니까, 무슨 일에든 어울려주니까…….

앞에서 살짝만 잡아당기면 뜻대로 움직여주기 때문에, 스스로 움직이려 하지 않는다는 사실을 깜빡했다.

『그런데 여행 선물은 버터샌드면 되겠어?』

"나, 그거 엄청 좋아하거든. 두 상자 부탁해. 아, 그리고 한 상자 값은 줄게."

『아하하, 알았어. ……아, 그런데 이건 유통 기한이 일주일밖에 안 되네. 아슬아슬한걸.』

“마지막 날에 공항에서 사 오면 되잖아?”

『아~ 뭐, 알았어.』

그래도 문제없다…….

원래부터 나 혼자서 해볼 생각이었고, 그 외의 다른 선택지가 없다는 사실도 안다.

그러니 앞으로도 내가 앞에서 끌어주면 된다.

왜냐하면 이 프로젝트는 내 마음에서 비롯되어, 내 마음만을 만족시켜주기 위한 것이니까 말이다.

“그럼 카토. 즐거운 여행—.”

『아! 미안. 하나만 더 물어볼게.』

“뭔데?”

『아키 군은…… 내 어디가 좋았어?』

“……뭐?”

중간중간 내 생각을 방해했던 카토는 마지막 질문이라면서 또 영문 모를 소리를 했다.

『아, 그러니까 말이야. 이런 걸 할 때 즐거웠다~든가, 이런 점이 좋다~ 같은…… 아, 반대로 이런 건 싫어~ 같은 것도 좋아.』

“……너, 실은 지금 병원이지? 그리고 살 확률이 20%밖에 안 되는 수술을 받기 직전 아냐?”

왜 느닷없이 병약(病弱) 히로인이 노멀 엔딩 돌입 직전에

할 법한 질문을 하는 건데?

『아니, 뭐, 그렇게 심각한 거짓말은 안 했는데…… 대답해 주면 안 돼?』

뭐, 내가 캐물어도 평소와 다름없는 반응을 보이는 걸 보면, 별다른 의도는 없는 질문인 것 같지만 말이다.

"글쎄……. 뭐, 카토와 함께 있으면서 항상 즐거웠어."

이 며칠 동안, 나와 카토는 카페에서 담소도 나눴고, 밤을 새워가면서 같이 게임도 했고, 함께 사인회에 가기도 했다. 그것들은 전부 막 사귀기 시작한 커플들이 경험할 법한 이벤트들이었다.

그야말로 오타쿠들의 망상을 구현한 듯한 하루하루였다.

그런 나날이 즐겁지 않을 리가 없지만…….

『그럼 불만은 없는 거야?』

"뭐, 조금만 더 욕심을 부려보자면……."

『부려보자면?』

"……좀 더 숨 막혀어도 괜찮지 않았을까 싶어."

그래도 결국 말하고 말았다.

가볍게 흘려 넘길 수 있을 정도의 톤으로, 내 본심을 말이다.

『으음, 내가 좀 더 심술궂었으면 좋겠다는 거야?』

"그렇지 않아. 그런 건 그 두 사람만으로도 충분하다고."

『으음…… 뭐가 다른 걸까~?』

“그것보다, 카토. 대체 왜 그런 걸…….”

『뭐, 좋아. 혼자서 생각해볼게.』

“뭘?”

『그럼 잘 있어, 아키 군.』

“아…….”

마음껏 나를 휘둘러댄 카토는 일방적으로 전화를 끊어버렸다.

……대체 뭘 혼자서 생각해보겠다는 거지?

※ ※ ※

그리고 다음 날.

연휴 후반부가 시작되는 목요일.

드디어 나의 리벤지 또한 본격적으로 시작되는 날.

타이틀 :

미정

……해가 서서히 기울어 가고 있는데도 불구하고, 내 눈앞에 있는 노트북 컴퓨터에 표시된 텍스트 파일에는 겨우 두 줄밖에 적혀 있지 않았다.

그리고 이 두 줄을 적는 동안, 나는 약 일곱 번 침대에 드러누웠다.

하지만 나는 강철 같은 의지로 애니메이션이나 게임을 기동시킬 수 있는 마(魔)의 리모컨만큼은 만지지 않았다.

……뭐, 그 대신 만화책을 열 권 넘게 읽었지만 말이다.

이럴 때 꼭 보게 되는 것은 몇 번이나 반복해서 읽었던, 대사까지도 기억하는 작품이라니깐…….

타이틀 :

　　미정

작품 콘셉트 :

프롤로그 :

본 작품의 어필 포인트 :

캐릭터 설정 :

　　히로인A (이름 미정)

해가 지는 사이, 다섯줄이나 더 썼다.

……나도 알고 있다. 항목만 적힌 기획서에는 아무 의미도 없다는 사실을 말이다.

하지만 지금 서둘러본들 좋은 아이디어가 나올 리가 없다.

이유는 알고 있다. 방금 저녁을 먹었기 때문이다.

머리로 가야 하는 혈액이 전부 위로 집중된 지금 상태에서 좋은 아이디어가 나올 리가 없다.

"좋아. 그럼 15분만……."

그러니 잠시 동안 수면을 취해 소화를 촉진시키기로 했다.

진짜로 머리를 굴려야 할 때 잠이 오기라도 하면 큰일이니까 말이다.

15분…… 아니, 30분 정도의 수면이면 머릿속을 산뜻하게 만들 수 있을 것이다.

그런고로, 잠시 동안 굿나잇~입니다요.

다음 날.

나의 리벤지 2일 차, 금요일.

"……어?"

잠에서 깨어나 보니 날짜가 바뀌어 있다고 하는 충격적인 상황이 벌어졌다…….

게다가 형광등을 켜놓은 채 잠을 잤기 때문인지 푹 잔 것 같은 느낌이 들지 않았다.

아니, 잠을 자기 전보다 더 졸린 건 대체 왜일까…….

"하아아아암~."

나는 잠기운을 떨쳐내기 위해 인터넷 브라우저를 열었다.

마침 갱신 체크를 할 시간이고, 조사할 것도 좀 있거든.

뭐, 수면을 통해 낭비한 시간은 아침까지 열심히 하면 충분히 만회할 수 있을 것이다.

"우왓, 네 시잖아……."

너무 여유를 부린 탓일까, 인터넷의 바다 속에서 너무 헤맨 것 같았다.

각 사이트의 순회를 마친 후, 트위터, 2ch, 니코니코 등을 돌아본 나를 기다리고 있었던 것은 위키피디아의 관련 링크를 타고 떠나는 여행이었다.

하지만 헛되지는 않았다. 꽤 쓸 만해 보이는 정보들을 입수했기 때문이다.

그리고 언사이클로디피아#8에도 가서 쓸 만한 풍자 및 유머, 패러디가 없는지도 뒤져보았다.

창작 활동이라는 것은 이런 수수한 노력을 바탕으로 이루어지는 것이다.

설령 이번에 꽃피지 않을지라도, 언젠가 다른 기획을 짤 때 분명 도움이 될 것이다.

……뭐, 이런 정보 축적을 이렇게 급박한 시기에 할 필요가 있었는가에 관해서는 사람에 따라 견해가 다르겠지만 말이다.

"자, 그럼 어떻게 한다……."

그것보다, 이 오전 네 시라는 어중간한 시간대에 무엇을 할 건지부터 생각해봐야 하리라.

#8 언사이클로디피아 위키피디아를 패러디한 웹사이트. 유머 사이트이며, 풍자와 패러디, 무작위적 개그 등, 여러 유머 글들이 게시되어 있다.

지금 기획서 작성을 시작해본들, 곧 해가 뜰 것이다.

그리고 오늘은 내일, 그리고 모레까지 계속될 기나긴 싸움의 초입에 지나지 않는다.

지금 생활 리듬을 깼다간 앞으로의 싸움에 나쁜 영향을 미칠 것 같은 느낌이 들었다.

침대에 드러누운 나는 눈을 감은 채 오늘 이후의 스케줄을 짰다.

잠시 눈을 붙인 후, 평소와 같은 시간에 일어나자.

그리고 오전에는 어제 해야 했던 일에 리벤지하고, 오후부터 오늘 예정해뒀던 일들을 소화해서 밤이 되기 전에 사전 스케줄을 따라잡는 것이다.

그래, 아직 여유가 있어.

"이럴……수가……."

오후가 됐잖아?

왜 아무도 눈치채지 못한 거지…… 같은 생각을 할 필요는 없었다.

평소와 같은 시간에 일어나겠다는 맹세를 자명종 시계에 반영하지 않은 것이 이 사태를 초래했다는 사실은 누가 봐도 명백했기 때문이다.

크, 이대로 있다간 바닥없는 늪에 빠져들고 말지도 모른다.

"……가볍게 몸 좀 풀고 오자."

나는 막 잠에서 일어난 탓에 멍한 머리를 가볍게 흔들면서, 이틀 만에 신발을 신었다.

바깥 공기를 마시면서 몸 안의 잠기운을 밀어내야지.

“아, 신간이네.”

조깅 도중에 서점에 들러보니, 가판대에는 4월 말에 발매된 잡지와 코믹스가 산더미처럼 쌓여 있었다.

하지만 이것은 예측 못 한 사태는 아니다.

활자를 접하면 영감이 끓어오를지도 모른다는 냉정한 판단 하에 취한 행동이기 때문이다.

그래서 나는 샘플용 신간 코믹스를 비치하는 서점이 있는 옆 마을까지 일부러 온 것이다…….

그리고 또 다음 날.

우리의 리벤지 3일 차, 토요일.

……마감은 어느새 이틀 앞까지 다가와 있었다.

“우와아아아아아아아아아아앗?!”

체감 상으로는 소설 스무 페이지를 읽은 정도의 시간밖에 지나지 않은 것 같은데 실제로는 이틀이나 지나고 만 충격은 그야말로 필설로 형용할 수 없었다.

게다가 노트북 화면에는 이틀 전과 마찬가지로 항목만으로 이루어진 일곱 줄만 표시되어 있었다…….

아무튼, 이제부터는 현실 도피조차도 용납할 수 없다.

우선 무선LAN 케이블을 뽑아서 인터넷이라는 이름의 해수욕장으로 이어지는 입구를 봉쇄했다.

그리고 텔레비전과 HD레코더를 꺼서 버추얼이라는 이름의 등산로도 출입 금지 상태로 만들었다.

그리고 침대와 바닥에 애니메이션이나 게임 패키지를 흩뿌리고(몇 주 동안 청소 및 정리를 하지 않은 상태를 재현했다고도 할 수 있다), 미리 사둔 페트병 커피를 책상 위에 올려놓음으로써, 꿈나라로 안내하는 나룻배도 철거했다.

자, 이제 퇴로는 막혔다.

……이런 준비를 하는 데 두 시간이나 소모하기는 했지만, 마감이 끝난 후에는 그것 또한 어디까지나 필요한 조치였다고 생각하며 웃음을 터뜨릴 것이다.

자, 그럼 최후의 승부를 시작해볼까…….

"……좋아!"

나는 숨을 깊게 들이마신 후, 이 방에 유일하게 남은 입구…… 창작의 세계로 이어지는 입구를 향해 힘껏 몸을 날렸다.

"아하, 아하하."

그리고 시곗바늘은 월요일을 가리켰다…….

일요일이 그냥 지나간 것 같은 느낌이 들지만, 그것은 기분 탓이 아니다.
나는 이 이틀 동안…… 48시간 동안 책상 앞에 앉아 있었다.
"아하하하하."
마감 기한까지 남은 날짜는…… 약, 0.3일 정도인가?
눈앞에 존재하는 텍스트 파일은 극적인 진화……를 하기는커녕 인류에게 있어 위대한 한 걸음이 될 여덟 번째 줄에도 접어들지 못했다.
아니, 한 줄도 쓰지 못했다는 말에는 어폐가 있을 것이다.
몇 번이나, 몇 번이나, 텍스트가 늘어났다가 다시 줄어들기를 반복했던 것이다.
옛날의 창작 현장이었다면 쓰레기통에 구겨진 원고용지가 산더미처럼 들어 있었을 것이다.
"이 밤이 지나고 나면……."

완전히 궁지에 몰린 내 머릿속을 계속 기피해왔던 그 단어가 스치고 지나갔다.
마약처럼 감미로운 울림을 지닌, 『포기』라는 단어가…….

솔직히 말해, 아직 허둥댈 시간은 아니다.
해가 뜨기 전에 기획을 완성할 가능성은 있기 때문이다.
남은 시간이면 기획서 하나 정도는 충분히 쓸 수 있다.

일전에 알고 지내는 인기 작가(우타하 선배)에게 들은 적이 있다.

창작 아이디어라는 것은 시간을 들인다고 해서 꼭 좋은 것이 나온다는 보장이 없으며, 거꾸로 시간이 없다고 해서 나쁜 것만 나온다는 보장도 없다고.

이 세상에는 하룻밤 만에 작성한 대박 기획 같은 것도 존재한다고 한다.

즉, 인간의 상상력에는 한계가 없다는…… 재능 여하에 따라 가능 여부가 갈린다고 하는 뜬금없는 이야기였다.

그 이야기를 나에게 적용하자…… 조금 전과 마찬가지로 『포기』라는 단어가 서서히 고개를 치켜들었다.

이 일주일 동안, 내게 재능이 없다는 사실을 처절하게 깨달았다.

나에게는 에리리나 우타하 선배가 지닌 창조적 재능만이 아니라, 그 두 사람이 지닌 노력하는 재능조차도 없었다.

아니, 어쩌면 그 사실은 예전에 깨달았던 것일지도 모른다.

새 학기가 시작되기 전. 뜨거운 창작 욕구를 느꼈을 때도, 나는 결국 플롯을 완성하지 못했다.

카토와 재회한 덕분에 다시 타오르기 시작한 창작 욕구에 따라 작성한 기획서는 에리리가 구겨버릴 만큼 완성도가 낮았다.

게다가 멤버 선정 면에서도 카토가 말했던 것처럼 현실미

가 없었다.

개성이 넘칠 뿐만 아니라 사이가 나쁘기까지 한 에리리와 우타하 선배에게 팀워크를 기대하는 것 자체가 무리니까 말이다.

……그 두 사람이 사이좋게 지내는 것 또한 여러모로 무시무시했다.

게다가…… 게다가, 카토도 미소녀 게임 제작에 흥미가 없어 보였다.

그런 식으로, 줄지어 튀어나온 변명들이 내 머릿속을 가득 채웠다.

그 변명들을 텍스트로 환산하면, 기획서를 몇 개는 쓰고도 남을 것이다.

이제 와서, 나는 깨닫고 말았다…….

나만 포기하면 모두가 행복할 것이라는 사실을.

나만, 포기하면…….

『아키 군은…… 내 어디가 좋았어?』

『……뭐?』

『아, 그러니까 말이야. 이런 걸 할 때 즐거웠다~든가, 이런 점이 좋다~ 같은…… 아, 반대로 이런 건 싫어~ 같은 것도 좋아.』

나도 질문 하나만 할게.

카토는 즐겁지 않았던 거야?

나랑 같이 있으면서, 하나도 즐겁지 않았던 거냐고…….

『저기…… 카토는 말이야.』

『으, 응.』

『평범하게 귀엽네.』

『고, 고마워. 그런데 방금 한 말에는 진심이 어리지 않은 것 같았어.』

『아, 나도 그렇게 생각해. 그러니까 방금 내가 한 말은 잊어줘.』

『아, 디저트 주문해도 돼? 나, 배가 조금 고프거든.』

『그래. 뭐든 괜찮으니까 먹고 싶은 걸 주문해. 오늘은 내가 살게.』

『아, 고마워. 으음~.』

"……어라?"

그것은, 며칠 전에 있었던 일이다.

"언덕 위의 소녀"와 극적이라는 표현과는 거리가 먼 재회를 한 직후 카페에서 우리가 나눈 안도감 넘치는 대화다.

하지만, 이거, 혹시……?

『저기…… 카토는 말이야.』

『으, 응.』

『평범하게 귀엽네.』

『아…… 자, 잠깐만…… 뭐, 뭐어~?!』

『그렇게 인상 쓸 필요는 없잖아? 칭찬했을 뿐이니까 말이야.』

『하, 하지만, 오늘 처음 만난 사람에게 보통 그런 말 안 하지 않아?』

『아~. 역시 여자애들은 오늘 처음 만난 상대에게 이런 말 들으면 싫어하는구나.』

『싫어한다기보단, 그, 그러니까…….』

『나는 섬세함이 부족한 편이라 그런 건 잘 모르거든.』

『응, 진짜로 모르는 것 같네.』

『뭐, 내가 한 말이기는 하지만, 그래도 대놓고 고개를 끄덕이는 건 좀 그렇지 않아?』

『하, 하지만, 내가 인상을 썼다는 것 자체가 완벽한 오해란 말이야…….』

"어라?"

좀 모에한데?

대화를 조금 비틀어봤을 뿐인데?

내가 진지 둔감 소년 같은 대사를 뱉었을 뿐인데.
카토가, 약간 순진무구한 반응을 보였을 뿐인데…….
"『그렇게 인상 쓸 필요는 없잖아?』…… 다음에 뭐였지?"
나는 그 가슴 뛰는 순간을 문장으로 남기려 했다.
오래간만에 키보드 치는 소리가 내 방 안에 울려 퍼졌다.
화면에는 정말 며칠 만에 텍스트가 표시되어 갔다.
뭐야, 카토…….
대사를 조금 바꿨을 뿐인데, 너 엄청 모에해졌잖아.

『약속했잖아, 카토……. 가지 마.』
『아, 아키 군…….』
『부탁이야!』
『응, 좋아. 집에다가는 오늘 좀 늦을 수도 있다고 말해뒀으니까 잠시만 더 있다 가도 괜찮을 거야.』
『저, 정말 괜찮은 거냐?!』

나는 다시 한 번 나 자신에게 물어보았다.
나는 왜 카토를 미소녀 게임의 히로인으로 만들고 싶어 했을까…….
귀엽고, 개성적이고, 매력적이며, 게임을 플레이한 모든 이들이 『내 마누라』로 삼고 싶어 할, 그런 인기 있는 히로인으로 만들고 싶다는 생각을 한 것일까.

……그건 실제 카토가 그렇지 않다는 사실이 분했기 때문이 아닐까?

그 녀석과 만난 순간, 나는 운명을 느꼈다.

하지만 그 운명을, 카토 본인이 부정했다.

그래서 부정당한 운명을, 게임 안에서나마 긍정하고 싶었다…….

『부탁이야!』

『…………역시, 안 되겠어.』

『그, 그래……. 무리한 부탁해서 미안해.』

『저, 정말 너무해. 어떻게 느닷없이 그런 말을 할 수 있는 거야! 정말 믿기지 않는다니깐!』

『하, 하지만 나는 카토를 진심으로……!』

『나, 갈아입을 속옷을 챙겨 오지 않았단 말이야!』

『……뭐?』

『잠옷도, 칫솔도, 드라이기도…… 이 상황에서 어떻게 자고 가라는 거야!』

『자, 잠깐만. 너 지금 무슨 소리 하는 거야?』

『그걸 몰라서 묻는 거야?! 여자애에게는 매사에 준비라는 게 필요하단 말이야!』

『하, 하지만 그럼 결국…….』

『그러니까…… 언제쯤 또 초대해줄 거야?』

『뭐…….』

『그때는…… 자고 갈 준비를 해서 올게.』

『카, 카토?』

『그러니까 아키 군…… 토모야 군도 준비해둬.』

『주, 준비……?』

『나를 메구미라고……이름으로 부를 준비, 말이야.』

그래…… 이제야 깨달았다.

나, 카토에게 실연당했구나.

자신이 상상한 이미지를 부정당함으로써…….

개성이 없고, 느긋하며, 오타쿠 문화에 대해 잘 모르지만, 배려심 많은…….

그런 이상적인 "친구"의 모습을 카토에게서 본 나는 상냥하게 차이고 만 것이다.

『이상한 건 아키 군이야.』

『그래서 본인 앞에서 그런 말을 하는 건 실례라고 한 건데~.』

『인기 일러스트레이터에 인기 작가…… 아키 군의 주위에는 왜 이런 사람들만 있는 거야?』

『뭐, 별다른 특징 없는 카토 같은 애도 있으니까 밸런스는 잡혔다고 생각하는데?』

『이 상황에서 왜 내가 튀어나오는 거야. 억지로 나를 가져다 붙여놓고 옳은 말 했다는 듯한 표정 짓지 마.』

그렇기에, 나는 게임 안에서 다른 카토와 만나고 싶었다.
그것은, 현실에서 이루지 못한 꿈을 게임을 통해 이루려 하는 보상 심리에 의거한 행위…….
뭐야, 그건 창작의 기본이잖아.

『이상한 건 아키 군이야.』
『뭐?! 나?!』
『인기 일러스트레이터에 인기 작가…… 게다가 양쪽 다 엄청 예쁜 여자애잖아!』
『아니, 직업은 몰라도 외모는 딱히 상관없을 것 같은데?』
『하지만 여자애라는 건 상관 있단 말이야. 게다가 나한테 숨기기까지 했잖아.』
『나는 어디까지나 작품의 팬일 뿐, 작가가 누구인지는 딱히 상관없다고나 할까…….』
『게다가 게다가, 두 사람 다 우리 학교 학생이라는 것도 숨겼잖아!』
『아니, 그건 두 사람이 비밀로 해달라고 해서…….』
『게다가 게다가 게다가! 이 책을 읽을 때의 토모야 군의 표정! 기쁘고, 즐겁고, 때때로 괴롭고, 금방이라도 울 것 같은…… 나와 있을 때도 그런 표정을 잘 안 보여주면서!』

『책한테까지 질투하지 마…….』

그렇다…….

나는 이런 얼굴 화끈거리는 대화를 카토와 하고 싶었다.

평소 나눴던 대화도 카토다워서 재미있기는 했지만, 나는 그 녀석과 이런 숨 막히는 대화를 나눠보고 싶었던 것이다.

재미만이 아니라, 괴로움도 느껴보고 싶었다.

더욱 가슴이 뛰었으면 했다.

질투도 해줬으면 했다.

극렬 모에, 하고 싶었던 것이다…….

※ ※ ※

"……완성했어."

현재 시각은 오전 일곱 시.

창밖에서 햇살이 쏟아져 들어오고, 아침을 알리는 참새 소리 BGM이 들렸다.

아니, 진짜로 참새가 창밖에서 지저귀고 있었다.

아무튼, 연휴의 끝을 알리는 월요일 아침에, 나는 이 기획서를 완성했다.

아니, 완성했다고 하기에는 완성도가 너무 낮았다. 정확하게 말하자면 기획서의 양식조차 지키지 않았다.

그것도 그럴 것이, 타이틀조차도 아직 『미정』인 상태다.

장르 항목에도 『순애 어드벤처』라고 적혀 있었다.

캐릭터 설정 항목에는 『2학년 B반 카토 메구미에게 준거(準據)』라고만 적혀 있었다.

"완성했다고……."

하지만, 나에게 있어서 이것은 "완성"된 기획서였다.

너무나도 간단하게 게임 콘셉트를 설명한 후, 그 다음 페이지부터는 주인공과 히로인의 대화 형식 텍스트가 적혀 있었다.

방과 후 하굣길, 교실에서 했던 부활동, 밤샘 게임 플레이, 애니메이션 마라톤, 함께 등교, 휴일 데이트, 역 앞 산책, 카페에서의 말다툼, 여행지에서의 원거리 통화, 그리고 일주일 만에 만나 나눈 대화.

우연한 만남, 어색한 첫 대화, 평온한 시간, 뜨거운 대화를 나눴던 밤, 꾸벅꾸벅 졸면서 맞이한 아침, 예전보다 약간 어색한 아침 인사, 3분 지각했다고 엄청 화를 냈던 일, 자연스럽게 맞잡은 손, 처음 본 상대의 눈물, 다툰 후 느꼈던 쓸쓸함, 다툰 후 느꼈던 사랑스러움…….

리얼에서는 단 하나도 일어나지 않았던 이벤트.

다른 선택지를 골랐으면 일어났을지도 모르는 이벤트.

남들이 보기에는 하찮기 그지없는, 자기만족 그 자체인 대화.

하지만 주인공과 히로인에게 있어서는 전혀 헛되지 않은, 소중하기 그지없는 대화.

완성된 것은 그런 샘플 텍스트뿐이다.

전체적으로 본다면, 이것은 게임 기획서라고 할 수 없다.

하지만 괜찮다.

내가 만들고 싶은 게임은 이런 것이라고 가슴을 펴고 말할 수 있으니까…….

"다녀오겠습니다~."

결국 나는 한숨도 자지 않은 채, 평소보다 한 시간 일찍 집을 나섰다.

잠시 눈을 붙이려고 했다간 그대로 곯아떨어질 게 뻔한데다, 지금은 한시라도 빨리 학교에 가고 싶었다.

왜냐하면 한시라도 빨리, 이 플롯을 그 두 사람에게 보여주고 싶었기 때문이다.

아니, 그렇지 않다.

지금, 이것을 가장 먼저 보여주고 싶은 상대는 따로 있다.

이 『나는 너를 가지고 이런 망상을 하고 있다고.』라고 이실직고하는 듯한 텍스트를 그 녀석이 본다면 어떤 생각을 할까.

……뭐, 그 녀석이라면 별다른 반응을 보이지 않겠지.

분명 『이런 것도 괜찮지 않아?』 같은 안도감 넘치는 리액션을 보여줄 것이다.

일주일 동안 느끼지 못한 안도감과 허망함이 그리워진 나는 페달을 밟는 두 다리에 더욱 힘을 줬다.

그리고 길을 따라 왼쪽으로 핸들을 튼 후 한동안 가속하자, 시야가 확 트일 만큼 급한 내리막길이 모습을 드러냈다.

즉, 이곳은 바로 탐정 언덕…….

"어……?"

그리고 그 언덕을 내려가던 나는 무심코 엉뚱한 소리를 내고 말았다.

등 뒤에서 강한 바람이 분 것도 아니다.

6월에 벚나무 꽃잎이 흩날렸기 때문도 아니다.

그렇다고 태양이 너무나도 노랗기 때문도 아니었다…….

휘익, 툭, 떼구르르…… 툭.

"……아."

태양보다도 크고, 가까우며, 내 눈앞에서 딱 멈춘, 하얗고 동그란 확인 완료 주행 물체 때문이었다.

"아, 아~! 멈췄어!"

"…………어?"

그리고 내 등 뒤에서, 허둥대는 목소리가 바람을 전혀 타지 못한 채 들려왔다.

"역시 똑같이는 잘 안 되네."

"아……."

길 한가운데에 떨어진 새하얀 베레모.

그리고 언덕 위에 서 있는 그 모자의 주인.

"오래간만. 또…… 만났네. 우연히, 말이야. 아하하……."

"카, 카토……?"

……의 눈부신 미소가 눈에 들어왔다.

"어머? 내 이름을 아는구나…… 아키 토모야 군."

나는 그녀의 이름을 입에 담았고, 그녀 또한 내 이름을 입에 담았지만…….

지금 내 눈앞에 있는 카토 메구미는 평소와 너무나도 달랐다.

눈부신 미소도, 매력적인 말투도, 진심 어린 목소리조차도…….

하지만 지금 내 눈앞에 있는 소녀는 내가 아는 카토…… 아니, 그때 만났던 바로 그 소녀다.

언덕을 따라 굴러 내려가는 새하얀 베레모, 바람에 흔들리는 원피스, 그리고 새하얀…….

"카, 카토……? 너, 대체……."

이게 대체 어떻게 된 거지……?

사흘 동안 수면을 취하지 못한 내 뇌가 환각을 보고 있는 걸까, 아니면 벚나무의 정령이 장난을 치는 것일까.

"저기 말이야. 이건…… 운명의 재도전이야."

"재도전……?"

새하얀 원피스를 입은 그녀는 고개를 갸웃거리면서 머리카락을 쓸어 올렸다.

평소의 그녀는 취하지 않는 그 동작이…….

지금의 그녀에게는 너무나도 잘 어울렸다.

"그때, 극적인 만남을 가졌지만, 그 후 극적이라는 말과는 거리가 먼 관계가 된 우리를 위한 추가 시험이라고나 할까?"

"추가 시험……."

재도전, 추가 시험…… 리벤지, 리트라이.

그것은 얼마 전에 어딘가에서 들은 의도를 떠올리게 했다.

"만들어보자. 우리 둘의, 앞으로의 이야기를…… 함께, 만들어보는 거야."

설마, 이건…….

"자, 그럼 좀 전 장면부터 다시 해보자."

그렇게 말한 카토는 내 앞에서 한 바퀴 빙글 회전했다.

그러자 휘날리는 치맛자락이 내 눈과 심장과 호흡을 빼앗았다.

"흐음, 나를 아는구나……. 정말 기뻐. 나, 존재감이 없는 편이거든."

"아, 그, 그렇지는……."

"나도 말이야. 너를 알아. 아키 토모야 군."

"뭐……."

"……아, 그건 당연하겠네. 너는 엄청난 유명인이잖아."

"……."

그렇구나.

역시, 이건…….

"2학년 B반의 풍운아에, 한번 시작하면 끝장을 보는 남자, 그리고 우리 학교 제일의 인기인이니까……."

"……뭐야. 좀 너무한 말이잖아."

"아하하. 내가 한 말은 아니야."

문제아, 중증 오타쿠, 웃음거리…… 흐음, 말이라는 건 하기 나름이군.

마이너스적인 표현을 빼고, 모에할 수 있는 방향으로 어레인지하니 꽤 듣기 좋았다.

"아, 맞다. ……답례를 해야지."

"아, 괜찮은데……."

"저기, 자세 좀 낮춰줄래?"

"응? 이렇게?"

그렇다. 이것은 재도전.

우리의 이상적인 재회를 위한, 롤플레이(Role Play)다.

“으음~ 조금만 더. 나와 눈높이를 맞춰줘.”

“이, 이 정도?”

……이것은 어젯밤에 내가 한 행위와 별반 차이가 없었다.

“그럼 눈을 감아봐.”

“뭐…….”

“빨리!”

“으, 응!”

게다가 주인공은…….

“…….”

“…….”

“…….”

“……어, 어이, 카토?”

“됐어! 이제 눈 떠도 돼!”

“대, 대체 뭘…….”

“……풉.”

“풉?”

“하, 하나도 안 어울려~!”

“어? 어?”

카토의 손가락이 가리키고 있는 것…… 내 머리를 만져보니, 손끝을 통해 펠트 천의 감촉이 느껴졌다.

그것은 바로 내가 방금 주워서 카토에게 준 베레모였다.

"아하하하하. 미안하지만 하나도 안 어울려."
"다, 당연하지! 이건 여자 거잖아!"
"후훗, 생각해보니 그러네. 후후후후후."
"아, 아무리 그래도 너무 웃는 거 아냐?!"
내가 내민 베레모를 받아서 머리에 쓴 카토는 여전히 웃음을 터뜨리고 있었다.
"미안해. 그럼 다른 방법으로 답례 해야겠네."
"그러니까 답례 같은 건 안 해도……."
"좋아. 리퀘스트를 받을 테니까 나한테 바라는 게 있으면 뭐든 말해봐."
"……뭐, 뭐어?!"
"……뭐든 다 하겠다는 약속은 할 수 없지만, 가능한 한 선처해볼게."
그 장난기 섞인 행동이, 평소보다 맑은 목소리가, 진심에서 우러난 듯한 미소가…….
망상의 여지가 차고 넘치는 제안과 합쳐져, 내 몸 곳곳을 자극했다.
"아, 아니, 잠깐만. 이렇게 느닷없이……."
"좋아, 그럼 5초 줄게. 5초 안에 말 못 하면 없었던 일로 할 거야."
"뭐~?!"
나는 완전히 카토…… 히로인에게 휘둘리고 있었다.

"사~."

"자, 잠깐만!"

"삼~."

"내, 내 말 안 들려?!"

"이~."

"아, 아직, 마음의 준비가……."

"이이이이이~~~~~~~~."

"……아."

하지만 주인공이 계속 휘둘리기만 해서는 재미없다.

"이이이이~~~~~~~~~."

"……."

아니, 그래서는 이야기가 진행되지 않는다.

그러니까 지금은…….

"이~~~~~~~! 하아~, 하아, 하아아아아~."

"……괜찮아?"

"윽?!"

거봐. 역시 타임아웃이 되었을 때의 선택지는 준비 안 됐잖아.

"그럼 리퀘스트를 해도 되지?"

"……응!"

"그럼 카토……."

그래서 나는 망상의 여지가 차고 넘치는 제안에, 마찬가지로 망상의 여지가 차고 넘치는 리퀘스트로 답했다.

"내 작품의 히로인이 되어줘."

"뭐……."

『내가 만들 동인 게임에 나오는 메인 히로인의 모델』이라는 멋대가리 없는 주석은 붙이지 않았다.

평소처럼 과장하지도 않았다.

그저, 약간 오버스러운 마음을 말에 담아 상대에게 건네면…….

"……응, 좋아."

"카토……."

길(루트)은 열린다.

"왠지 즐거울 것 같네. 가슴이 두근거려."

"그래……. 약속할게. 즐겁게 만들어보자."

카토는 일전과 마찬가지로 주저 없이 OK 해줬다.

그리고 지금 이 OK가 연기라는 것도 안다. 하지만…….

"이제부터 하루하루가 정말 즐거워질 것 같아, 토모야 군……이라고 불러도 돼?"

하지만, 일전과는 비교도 안 될 만큼 큰 충격을 받았다.

"그럼 나도 메구미라고 불러도 되지?"

"그건…… 안 돼."

"왜? 자기는 이름으로 부르면서!"

"그야…… 토모야 군은 여자애들에게 이름으로 불리니까

별문제 없지만, 나를 이름으로 부르는 남자애는 한 명도 없단 말이야."

"그래도 싫어. 남녀는 평등하단 말이야. 나도 이름으로 부를 거야."

"뭐, 뭐어~?!"

"내가 이름으로 부르는 게 죽기보다 싫다면 관둘게. 대신 너도 나를 이름으로 부르지 마."

평소의 내 관점에서 볼 때, 이 상황은 모에했다.

그리고 이 상황에 실제로 처한 지금의 내 가슴은 미친 듯이 두근댔다.

"……토모야 군은 정말 심술궂다니깐."

"긍정적인 대답을 해줘서 고마워, 메구미."

지금 카토와 나누고 있는 대화가, 심장이 터질 것 같을 만큼 즐거웠다.

내가 하고 싶었던, 하지만 결국 하지 못했던…….

……그래서 게임을 통해 재현하고 싶었던 대화가 바로 이런 것이다.

"이걸로 계약한 거네? 앞으로 잘 부탁해, 토모야 군."

"……그럼 계약의 증표를 줘."

"뭐? 뭐?"

그리고 게임에서 재현하고 싶었던 이벤트도…….

"메구미……."

카토와 몸을 거의 밀착시키다시피 한 상태에서 대화를 나누던 나는 그녀와 더욱 몸을 밀착시켰다.

그렇다. "거의"라는 표현이 사라질 만큼 말이다.

"어, 어? 이건 들은 이야기와 다른데……."

"누구한테 어떤 이야기를 들었는데?"

뭐, 내가 이런 짓을 할 것이라고는 예상하지 못했을 것이다.

"아, 아키 군은 3차원 여자 상대로는 절대 흥분하지 않는다고……."

왜냐하면 나에게는 방금 생각해낸 캐릭터 설정이 부여되어 있으니까 말이다.

"끄트머리만 살짝……이 아니라, 딱 1초만 할게."

"1초라도 해버리면 그걸로 한 게 되어버릴 것 같은데?!"

약간 불합리 대왕. 약간 어리광쟁이. 그리고 약간…… 호색한.

나와는 전혀 공통점이 없……을지도 모르는, 전형적인 미소녀 게임 주인공.

"자, 그러니까…… 눈 감아."

"어, 잠깐? 어어?"

그래도 어쩔 수 없다.

나는 사흘 동안 한숨도 못 잤단 말이다.

그러니 망상에 빠진 채 폭주해도 괜찮을—.

"뭐가 1초만이야, 이 쓰레기 주인공아아아아아아아아아아아아~~~!!!"

"우꺄아아아아아아아아아앗~~~!!!"

그 목소리가 들려온 순간, 내 목에는 엄청난 충격이, 그리고 내 귀에는 격렬한 브레이크 음이 전해졌다.

뭐, 이 가파른 언덕을 전속력으로 내달리면서 자전거 래리어트를 날릴 만한 녀석은 나처럼 어릴 적부터 이 마을에서 산 녀석들뿐이며…….

"미안해, 카토 양. 그가 이렇게 분별력 없는 진짜 짐승일 거라고는 눈곱 만큼밖에 예측하지 못했어."

그리고 마치 이렇게 될 걸 다 알고 있었다는 듯한 말투로 이런 소리를 할 사람은, 언제 어느 때나 새로운 소재와 어휘를 추구하는 모 독설 소설가뿐이다…….

이렇게 다방면에서 공격을 받은 탓일까, 내 의식은 서서히 흐려져갔다. 주된 이유는 바로 극도의 수면 부족 때문이었다.

참고로 쓰러지기 직전에 내 눈에 들어온 메구미…… 카토는 여전히 두 눈을 꼭 감고 있었다.

……정말, 뭐든 하자면 다 하는 녀석이라니깐.

에필로그

"자, 손수건 물에 적셔 왔어."

"아, 땡큐."

녹아웃 현장 근처이자 언덕 중간에 있는 공원.

그곳의 벤치에 드러누운 나는 카토에게 간호를 받고 있었다.

"그리고 커피 사 왔는데 마실래?"

"커피보다는 레드불을 마시고 싶어."

"편의점은 언덕 밑에 있으니까 조금만 참아."

참고로 내가 간호를 받고 있는 것은 래리어트 때문이 아니라 극도의 수면 부족 때문이다.

"영차……. 아키 군, 조금만 비켜줘."

"으윽, 무릎이 벤치 밖으로 밀려 나갔어."

"거길 다친 것도 아니잖아."

카토는 벤치에 누워 있는 나를 약간 밀어내고 그 빈자리에 앉았다.

이 상황에서 『졸으니까』라는 이유로 무릎베개를 해주는 것이 미소녀 게임의 상투적인 이벤트 구축 수단이지만, 정신을 차린 나와 연기를 끝낸 카토가 그런 짓을 할 리가 없었다.

그렇다. 카토의 연기는 끝났다.

내 마음속에 막대한 혼란과 모에를 남긴 채…….

“저기, 카토.”

“응~?”

“왜 그런 짓을 한 거야?”

“그런 짓을 한 사람은 토모야 군……이 아니라 아키 군이야.”

“아니, 마지막의 그거 말고, 거기에 이르는 과정에 대해 이야기하는 거라고!”

……하지만 아직 자신이 연기하던 역할에서 완전히 벗어나지 못한 카토는 꽤 모에했다.

“그건 내가 생각한 내가 아냐.”

“그건 나도 알아. 카토의 원래 캐릭터성과 달라도 너무 달랐거든.”

“……그렇게 딱 잘라서 말하니 좀 그러네. 연기한 사람은 어디까지나 나인데…….”

처음부터 이상하다는 생각이 들 만큼, 아니, 내가 그런 생각을 할 것을 전제로 둔 것처럼 당시의 카토는 완전 연기 모드였다.

게다가 그런 생각을 한 나를 빨려들게 만들려 하는, 나를 속이는 것이 목적이 아닌 듯한 연기였다.

마치 프레젠테이션이나 오디션 같은 것에 임한 듯한…….

"캐릭터 디자인은 사와무라 양이 했어. ……뭐, 얼굴을 뜯어고칠 수는 없으니까 옷과 헤어스타일만 좀 코디네이트 해줬지만 말이야."

"그 원피스……."

"응. 그때 입었던 걸 입어봤어."

"카토……."

"하지만 옷만 신경 쓴 건 아냐. 사와무라 양이 아키 군의 취향에 맞게 전체적으로 세팅해줬거든. 콘셉트는『더 미니하고, 더 하늘거리고, 더 2차원틱하게!』랬어."

"에리리 녀석……."

오타쿠의 취향을 완벽하게 꿰뚫은 점은 제쳐두더라도, 에리리가 코디네이트한 카토를 본 나는 그 녀석의 캐릭터 디자인 실력이 얼마나 대단한지 다시 한 번 깨달았다.

원피스의 끝자락은 일전에 봤을 때보다 더 짧았고, 지금은 흰색 니삭스가 추가되어 있었다.

게다가 유심히 보니 흰색 니삭스와 허벅지가 닿는 부분에

레이스가 달렸고, 악센트 삼아 검은색 리본까지 매여 있었다. 그 덕분에 절대영역의 정보량이 압도적으로 강화되었다.

역시 사와무라 스펜서 에리리…… 모에 업계에서 돈을 긁어모으기 위해 태어난 여자.

"그리고 각본과 연기 지도는 카스미가오카 선배…… 현역 라이트노벨 작가인 카스미 우타코 선생님이 해줬어."

"뭐, 그랬겠지."

선배가 연극부에서 게스트 각본을 썼다는 건 알고 있었지만, 이런 즉흥극 같은 것도 짤 줄 알았구나.

"선배, 정말 대단했어. 대화에 맞춰 여러 선택지와 분기가 존재하는 대본을 단 하루 만에 완성했지 뭐야. 50페이지나 되는 걸 말이야."

"그랬구나……."

일주일 동안 10페이지짜리 기획서를 겨우 쓴 나에게 뭐라고 한마디 해줘.

"게다가 그걸 하루 만에 다 외우라고 했어……. 틀리면 엄청 화내고……."

일전에 연극부의 무대 연습을 견학한 적이 있는데…… 카토 녀석, 그 혹독한 연기 지도를 잘도 견뎌냈구나.

연극부 부원들 중에도 못 견딘 사람이 세 명이나 되는데 말이야.

"그런데 오늘, 더 엄청난 사실을 깨달았어……. 아키 군,

선배가 쓴 대본대로 행동했잖아……. 으음, 마지막 그것 빼고 말이야.”

“나, 완전 선배 손바닥 위에 있구나…….”

그 정도면 작가라기보다 심리학자나 초능력자 아냐……?

“아무튼, 오늘 이 일은 그 두 사람이 꾸몄어. 앞으로 만들 작품의 체험판 같은 거라고 하던데? 그게 무슨 소리인지는 잘 모르겠지만 말이야.”

“체, 체험판……?”

즉, 카토 본인이 출연한 이번 실사판은 『※개발 중 화면입니다. 예고 없이 사양이 변경될 수도 있으니 양해 부탁드립니다.』 같은 건가…….

“아키 군이 걸려든다면, 웬만한 오타쿠들은 전부 낚아버릴 수 있을 거래.”

“아, 그래.”

마케팅적인 측면에서는 나도 꽤 신뢰받고 있는 것 같군…….

“아무튼 그렇게 된 거야. 그 두 사람이 서클에 들어와 준다니, 정말 잘 됐지?”

“아니, 지금은 그런 소리를 할 때가 아니잖아…….”

“응? 왜~? 그 두 사람을 끌어들이려고 그렇게 필사적으로 노력했었잖아.”

"너는 아직 이야기 안 했다고. ……히로인, 카토 메구미가 뭘 했는지를 말이야."

"뭐? 나?"

"그래……. 대체 어떤 마법을 썼기에 그 두 사람이 서클에 들어왔을 뿐만 아니라, 체험판을 제작한 거야?"

에리리와 우타하 선배는 눈코 뜰 새 없이 바쁜 사람들이다.

게다가 그녀들이 상업 쪽에서 이런 프로젝트에 참가한다면 수만, 수십만 엔 단위의 개런티를 받을 것이다.

그런데 개성이 부족한 카토가 부탁 좀 했다고 노 개런티로…….

뭐, 개성이 있고 없고는 지금 상황에서는 딱히 중요하지 않지만 말이다.

"으음~ 그게 말이야. 그냥 대충 부탁했더니 바로 협력해 주겠다고 하던걸?"

뭐야? 그 두 사람, 설마 남녀 차별 하는 거야?

"잠깐만. 카토 너, 대체 언제, 어디서, 어떻게 부탁한 거야?"

카토의 행동은 고전 추리 어드벤처 미소녀 게임식으로 말하자면, 알리바이가 확실치 않았다. 뭐, 서스펜스 드라마식이라고도 할 수 있겠지만 말이다.

"어제까지 홋카이도에 있었잖아?"

"아~ 그거 말이구나."
가족 모두가 함께하는 마지막 여행이라면서?
그래서 나는 카토가 없어도 괜찮다고 말했던 거라고.
"실은 말이야. 닷새 전에 돌아왔었어."
"닷새 전? 잠깐만, 그때 넌…… 어?"
닷새 전이라면 내가 혼자서 열심히 해보겠다면서 결의를 다졌을 때다.
즉…….
"아키 군에게 전화를 걸었을 때, 나 실은 하네다 공항이었어."
"……뭐?"
그러고 보니, 그때 핸드폰 너머에서 시끌벅적한 소음이 들렸지…….
그렇게 시끌벅적한 장소가 홋카이도에 있을 리가 없잖아.
……아, 이 발언은 홋카이도 주민 여러분에게 실례인가.
"선배의 사인회에 갔다가 돌아올 때 말이야……. 아키 군, 왠지 궁지에 몰린 것처럼 보였거든."
"그건……."
우타하 선배에게, 우리 서클의 문제점을 지적받았기 때문이다.
"그래서, 이대로 자리를 비우는 건 좀 그렇다는 생각이 들었어. 크게 도움은 안 되겠지만, 그래도 내가 도울 일이 있을 것 같았거든."

선배는 카토가 진심으로 이 기획에 임하고 있지 않다는 사실이 우리 서클의 가장 큰 문제점이라고…….

"그래서 돌아와 봤는데, 아키 군이 기획서 작성에 꽤 몰두해 있는 것 같잖아. 그럼 기획은 아키 군에게 맡겨두고, 다른 일을 도와보기로 했어."

"그래서 그 두 사람을 찾아간 거야?"

"응. 한 번 더 찾아가서 부탁해봤어. 그랬다가 결국은 이 체험판 제작에 참가하게 된 거야."

"그랬구나……."

"뭐, 연기할 때 외에는 계속 잡일만 했지만…… 아, 그래도 아이디어를 내놓기는 했거든? 아키 군이 좋아할 만한 시추에이션을 짜는 데도 협력했단 말이야. 자, 봐. 이 원피스와 모자, 그리고 이벤트 장소인 이 언덕도……."

일전의『내 어디가 좋았어?』라는 질문에 대한 답변이 이 체험판에서 활용된 것인가.

확실히 나는 그 시추에이션에 함락됐지.

잠깐, 그렇다면 그 두 사람은 대체 언제부터…….

"아, 맞다. 실은 내 핸드폰은 조금 전까지 사와무라 양과 통화 상태였어. 그러니 그 두 사람은 우리가 나눈 대화를 다 들었을 거야."

"……."

아마 카토가 두 사람을 찾아간 순간, 에리리와 우타하 선배는 자신들이 우려하던 문제가 해결되었다는 사실을 눈치챘을 것이다.

"그래서 그때 사와무라 양이…… 어? 아키 군?"

"응?"

"왜 입 다물고 있는 거야? 잠이 덜 깬 거야?"

"아, 아냐……."

그래서 협력하기로 마음먹은 것이다.

전심전력을 다하는 내가 아니라, 전심전력을 다하려 하는 카토를 인정했기 때문에 말이다.

그리고 그 결과, 내 콘셉트에 따라, 내가 예상한 퀄리티를 아득히 초월하는 체험판을 만들어냈다.

……아무래도 내가 멤버 하나는 제대로 고른 것 같았다.

"아무튼, 이제 본격적으로 시작할 수 있겠네."

"아직 넘어야 할 산이 많지만 말이야."

"그러고 보니 아직 내가 뭘 해야 하는지도 모르겠어."

"뭐, 대략적인 것들만 정해둔 상태거든."

"나, 대체 뭘 해야 하는 거야? 성우? 캐릭터의 모델? ……아니면 모션 캡처 담당?"

"카토라면 괜찮을 거야……."

"모션 캡처가?"

"나, 지금 진심을 담아 이야기하고 있는 거라고."

“하지만 지금까지 사사건건 개성이 없다는 둥, 인상이 약하다는 둥, 그런 소리를 했던 상대에게 그런 말 들어봤자 눈곱만큼도 믿기지 않는단 말이야.”

“아니, 이번 일 덕분에 깨달았어. ……나, 실은…….”

“어…….”

“네가 연기한 캐릭터에게서 모에를 느꼈어!”

“……뭐?”

“네 캐릭터 상품이라면 전부 사고 싶을 정도야!”

“…………”

“네 캐릭터로 만든 대형 베개 커버라면 매일 끌어안고 자고 싶을 정도라고!”

“……저기, 왜 그렇게 캐릭터 상품에 집착하는 거야?”

“그야 화면 너머보다 입체적이기 때문이지.”

“아~ 그렇구나~.”

아, 카토의 저 멍한 표정, 오랜만에 보네.

응, 오랜만이라서 그런지 저런 카토도 꽤 괜찮네. 역시 안정감이 끝내준다니깐.

“자, 이제 좀 정신이 든 것 같으니까 학교에 가자.”

“응. 아, 맞다. 받아, 아키 군. 여행 선물이야.”

카토가 그렇게 말하면서 가방에서 꺼낸 것은 홋카이도 명물 과자인 마르세이 버터샌드였다.

그리고 내가 부탁했던 대로 두 상자였다.

"실은 말이야. 지난 주 수요일에 사뒀던 거라 유통 기한이 오늘까지야……."

지난 주 수요일이면, 카토의 홋카이도 여행이 나흘이나 일찍 끝난 날이다.

즉, 유통 기한이 다 되어버린 것이 누구 탓이냐면…….

"혼자서 오늘 안에 두 상자 다 먹는 건 무리일 거야……."

"그, 그렇겠지? 미안……."

"그러니까 카토. 오늘 학교 가지 말고 우리 집에서 이거나 같이 먹자. 게임이나 하면서 말이야."

"뭐어어어어어어~?! 아, 안 돼! 그러면 배불뚝이가 될 거란 말이야!"

"……방금 내 말을 듣고 살찌는 것부터 걱정한 거야?"

그건 그렇고, 평소의 카토는 정말 쉬운 녀석이라니깐.

※ ※ ※

"……."

"……미련 있는 것처럼 몇 번이나 뒤돌아보지 마, 사와무라 양."

"그 두 사람, 오늘 학교에 올까?"

"글쎄? 조금 전에도 중간부터 시나리오에서 벗어나 완전히 단둘만의 세계에 몰입했잖아."

"……윽."

"그렇게 신경 쓰인다면 협력하지 말지 그랬어."

"뭐? 무슨 소리 하는 거야. 나는 딱히 신경 쓴 적 없……을 뿐만 아니라 나랑은 전혀 상관없는 일이란 말이야."

"중요한 순간에 고집 피우는 그 성격을 고치지 않으면, 언젠가 후회하게 될지도 몰라."

"이미 하고 있어……. 하필이면 카스미가오카 우타하와 같은 서클에서 활동하게 됐으니 말이야."

"참, 그러고 보니 내 신작의 일러스트를 담당해달라는 의뢰를 거절했다면서?"

"그래. 대체 왜 나한테 그런 걸 의뢰한 거야?"

"그야 최근의 인기 일러스트 경향을 잘 이해하고 있으면서 상업 경험이 없는, 그야말로 안성맞춤인 신진 일러스트레이터이기 때문이야. 참고로 말하자면 인격이나 나와의 호흡 같은 건 전혀 고려하지 않았어."

"으…… 당신의 그런 점을 싫어한다고 내가 몇 번이나 말했을 텐데?"

"뭐, 그것보다 이 서클은 앞으로 어떻게 될까?"

"멤버 전원의 스케줄과 방침, 열의가 맞지 않아서 좌초된다에 한 표."

"리더가 여성 멤버 전원과 그렇고 그런 관계가 된 탓에 공중분해된다에 한 표."

"나는 그 녀석과 그런 사이가 될 생각 없어. 그딴 소비형 오타쿠한테는 관심 없거든."

"생산형 오타쿠로 변모한 그는 너무나도 눈부셨다……."

"그리고 나는 코믹마켓에서 셔터 앞 인기 부스를 차지할 정도의 남자 외에는 관심 없어."

"오타쿠 자체는 OK일 뿐만 아니라 리얼충은 후보에 포함되어 있지 않다는 점이 사와무라 에리리라는 소녀의 딜레마네."

"남의 캐릭터나 취향에 관심 가지지 마."

"그래도 당신의 캐릭터는 정말 재미있단 말이야. 카토 양보다 훨씬 알기 쉬워서 글로 표현하기도 편해."

"잠깐, 나를 멋대로 모델로 삼지 말란 말이야!"

"흐음, 이번 작품에 나오는 히로인의 라이벌 역할로 써먹을 생각인데……."

"게다가 차이는 역할?! 그럼 당신 자신을 모델로 삼으면 되잖아! 실제로 차인 적 있으면서!"

"아, 그래도 내 작품에서 누가 주인공과 맺어질지는 작가인 나도 몰라."

"정말 말이 안 통하네……. 나 먼저 자전거 타고 갈래!"

"아, 사와무라 양. 역까지 태워주지 않겠어?"

"싫어. 다리 굵어진단 말이야."

■후기 ―말끝을 흐리는 시원찮은 방법―

안녕하십니까, 여러분. 마루토 후미아키입니다.

판타지아 문고와 연이 닿아, 이렇게 제가 쓴 소설을 세상에 내놓게 되었습니다. 앞으로 잘 부탁드립니다.

자, 그럼 간략하게 저를 소개할까 합니다. 저는 이 업계에서는 완벽한 신인이며, 지금까지 제가 주로 활약해온 전장은 『시원찮은 그녀(히로인)를 위한 육성방법』 안에서 몇 번 다뤄진 『에로게임』, 즉 19세 이상만이 즐길 수 있는 게임 쪽입니다.

그래서 이 작품을 쓰면서도 후지미 편집부의 담당 편집자님께 많은 조언을 들었습니다.

“마루토 씨. 라이트노벨은 지금까지 주로 만드신 작품과는 대상 연령층이 다르니 주의해주세요.”

“예, 물론 압니다.”

“그러니 메인 타깃은 지금까지 마루토 씨가 타깃으로 한 연령의 반 정도라고 생각해주세요.”

“아, 아홉 살, 열 살짜리 애들인가요?”

“당신 지금까지 19세 대상으로 한 작품을 만든 적이 없잖아!”

그때, 세간에서 제가 『30금 라이터』라는 별명으로 불린다는 사실을 처음 알았습니다. 아무튼 제 홈그라운드를 떠나 라이트노벨이라는 미지의 영역에 도전하기로 결의한 이상, 이제 물러설 수는 없습니다.

그러니 지금까지보다 약간 젊은 느낌이 들고, 풋풋한 감성에 호소하는, 그러면서 땀내 나지 않고, 1990년대나 20세기의 소재를 자제한 작품을 쓰려다…… 사흘 만에 좌절했습니다. 아, 편집자님에게서 "요즘 같은 시대에 두근○근 메모리얼은 좀……."이라는 말을 들었다는 건 밝혀두겠습니다.

결국, 제가 할 수 있는 것과 할 수 없는 것을 분석한 후 『시대에 좌우되지 않으면서 누가 언제 읽어도 즐거워할 수 있는 보편적인 재미를 추구하면 되지 않을까.』라는 결론을 내렸습니다. 네 작품의 어디에 그런 대단한 의식과 목표와 이상이 있느냐고 독자 여러분이 물으신다면 저는 눈물을 뚝뚝 흘리면서 고개를 푹 숙일 수밖에 없겠지만요.

그래도 두근○근 메모리얼은 지금 해도 재미있습니다. 진짜로요.

그럼 도움을 주신 분들에게 감사의 말씀을 드릴까 합니다.

미사키 쿠레히토 씨. 당신이 내 작품의 일러스트를 맡게 될 거라고는 꿈에도 생각 못 했습니다. 이 작품을 멋지게 꾸며주셔서 정말 감사합니다. 덕분에 세일즈 포인트는 일러스트 쪽에 다 맡겨버리고, 나는 취미와 쓰디쓴 체험담을 떠올리며 마음껏 글을 써나갈 수 있었습니다. 평생 충성하겠습니다요.

편집을 담당하신 하기와라 씨. 정말 많은 공부가 되었습니다. 감사합니다. 보내주신 네이밍용 아이디어 메모에 적혀 있던 『시원찮은 타이틀 안』이라는 구절이 이 작품의 방향성을 결정지었습니다. 그 정신은 메인타이틀만이 아니라 이 후기에서도 발휘되고 있습니다. 평생 충성하겠습니다요.

그리고 이 책을 읽어주신 독자 여러분…… 평생 충성하겠습니다요.

독자 여러분이 이 작품에서 재미있었던 부분, 마음에 남는 부분을 하나라도 찾으셨다면, 다음 권도 읽어봐 주시길 부탁드립니다. 뭐, 아직 속편 발매가 확정되지는 않았지만요.

2012년 초여름 마루토 후미아키

■역자 후기

안녕하십니까. 근로청년 번역가 이승원입니다.

『시원찮은 그녀를 위한 육성방법』을 구매해주셔서 진심으로 감사드립니다.

원래 저는 역자 후기에서 제 근황 이야기와 작품에 관한 약간 스포일러틱한 이야기를 했습니다. 하지만 이 『시원찮은 그녀를 위한 육성방법』의 후기에서는 작품에서 언급되거나 관련이 있는 미소녀 게임 중 저와 깊은 인연이 있는 작품에 관한 이런저런 이야기를 해볼까 합니다.

그편이 작품에서 다뤄진 미소녀 게임을 해보지 않은 독자분들의 이해에 도움이 될 것 같아서……라는 건 어디까지나 구실이죠.(어이) 실은 제가 재미있게 플레이했던 미소녀 게임에 대해 마구마구 주절대고 싶어서입니다, AHAHA.

뭐, 이미 삐야님에게 허락 받았으니까요. 그러니 저지르고 보겠습니다요!

1권에서 어느 작품을 다룰까 고민했습니다. 이 작품을 쓰신 마루토 후미아키 선생님이 시나리오를 담당한 『화이트앨범2』, 그리고 저를 일본어 번역가의 길로 들이민 후 나오지 못하게 바리케이드를 치다시피 한 작품인 타입문의 『월희』, 그리고 에로가 없어도 미소녀 게임은 위대하다(어이)는 사실을 저에게 가르쳐준 『두근두근 메모리얼』. 이렇게 세 작품을 후보로 뽑았습니다.

우선 『화앨2』에 관해 쓰기 전에 한 번 더 플레이 해볼까 해서 제 오타쿠 쪽 의동생의 친구에게서 『화앨2』 비타판을 빌리려 했습니다. 하지만 정품 케이스를 본 순간 예전에 플레이하면서 느꼈던 고통(특히 coda편 할 때는 위가 잘게 썰린 후 믹서기에 갈리는 느낌이ㅠㅜ)이 되살아나서 결국 돌려주고 말았습니다(이ㅅㅎ님 다음에 다시 부탁할게요^^).

그리고 『월희』로 쓰려고 했더니…… 음, 일본어 공부를 시작했던 시절과 모 사이트에서 관련SS 번역하던 시절까지 다 다루게 될 것 같더군요. 그러면 후기 분량이 책 한 권을 넘어설 것 같아서 포기했습니다. 좀 더 생각을 정리하면서 양을 조절한 후, 다음 기회에 도전해볼 생각입니다.^^

결국 이번 역자 후기에서는 『두근두근 메모리얼』에 관한 이야기를 좀 해볼까 합니다!

제가 『두근두근 메모리얼』을 플레이한 건 20세기 극후반인 1999년 말이었습니다. 당시 슈로대 시리즈에 빠져 살던 저는 2000년에 발매될 예정인 슈로대α 살 돈과 고등학교 학비(-_-;)를 마련하기 위해 평일에는 신문 배달을, 주말에는 건물 청소 알바를 하러 다녔죠. 일본어라고는 카타카나로 된 슈로대 로봇들의 필살기 명칭이나 읽을 줄 알았던 당시의 저에게 일본어로 된 미소녀 게임은 머나먼 존재였습니다. 그리고 『미소녀 게임=에로 게임』이라는 인식이 머릿속 깊이 박혀 있었죠. ……그게 다 동○생과 ○자매 때문입니다요(털썩).

그러다 우연히 모 게임 잡지를 사게 됐습니다. 콘솔 JRPG도 무지 좋아했던 당시의 제가 매우 해보고 싶어 했던 작품인 『루나 실버스타 스토리』 동영상 CD를 준다는 게임 잡지였습니다. 그리고 그 잡지에 딸린 정품 부록이 『두근두근 메모리얼』이었죠.

93년부터 게임 잡지를 사봤던 저는 이 게임에 대해 알고는 있었지만, 플레이해보지는 못했습니다. 당시의 저는 일본어를 모르는 데다, 10대 후반의 피 끓는 청춘이었기에 므흐흐한 CG가 없는 게임을 내용 이해도 못 하면서 할 이유가 없다고 생각했죠. 그런데 4년간 써온 플스1의 렌즈가 고장 난 바람에 콘솔 게임을 못 하게 된 저는 울며 겨자 먹기 삼아 부록으로 받은 PC용 『두근두근 메모리얼』을 시작했고…… 그와 동시에 제 고등학교 1학년 기말고사 전교 등수는 바닥까지 떨어졌습니다, AHAHA.

'매력적인 히로인에게 졸업식날 전설의 나무 아래에서 고백 받는다.'라는 목표를 달성하기 위해 정말 열심히 달렸습니다. 그런데 문제는 처음 공략 목표로 메인 히로인인 『후지사키 시오리』를 잡았다는 겁니다. 공략집도 없이 처음 플레이하면서 메인 히로인을 공략하려고 했으니 성공할 리가 없죠. 결국 저는 아무에게도 고백 받지 못했습니다. 본 작품의 카토 메구미 양이랑 같은 짓을 한 거죠(털썩).

대부분의 히로인들의 머리에 폭탄이 달리고, 주인공 능력치는 그다지 높지도 않고……. 정말 이리저리 치이다 1회 차 플레이가 끝났습니다.

평소의 저라면 이 시점에서 CD를 두 동강 내버렸겠습니다만, 오기가 생긴 저는 2회 차 플레이를 바로 시작했습니다. 목표는 본 작품의 카토처럼 운동부 매니저인 니지노 사키 양으로 잡았죠. 그리고 차분하게 플레이해나가다 보니 1회 차 때는 보지 못했던 타깃 히로인과의 각양각색의 이벤트가 나왔습니다. 그리고 그런 이벤트를 볼 때마다 저는 캐릭터에 감정 이입을 하기 시작하더군요. ……어, 어쩔 수 없잖아요. 남자 중학교→남자 고등학교 다니면서 삭막하기 그지없는 학창 시절을 보내고 있었단 말입니다! 학원 같은 것도 안 다니니 비슷한 또래 아가씨는 구경도 못 했습니다요! ……그 후로 15년 가까이 흐른 지금은 어떠냐는 질문은 하지 말아주십시오(꺼이꺼이).

……아무튼, 그렇게 한 히로인의 엔딩을 보고 나니, 다른 히로인의 스토리가 궁금해지더군요. 결국 정신 차리고 나니 모든 히로인을 클리어 하고, 친구들에게 마구 빌려주면서 전부 이쪽 세계(?)로 끌어들였습니다. 그 덕분에 저희 반 기말고사 성적은 떨어졌고, 저는 학생지도실로 불려가고 말았……(털썩).

그래도 한 점의 후회도 없을 만큼 재미있는 게임이었습니다. 『시원찮은 그녀를 위한 육성방법』의 히로인인 카토 양이 1회 차 플레이하는 부분을 번역하다 보니 다시 해보고 싶어지더군요. 그래서 이번에는 플스1용 일판 두근두근 메모리얼을 비타에서 돌릴 수 있게 정식 다운로드 구매했습니다. 이 마감이 끝나고 나면 본격적으로 달려볼 생각입니다!

혹여 이 후기를 보고 관심이 생기신 분은 꼭 플레이해보시길. 고전 명작이 왜 고전 명작인지 느낄 수 있는 게임입니다! 마음 같아서는 이 작품 리뷰만으로도 책 한 권 분량은 쓸 수 있을 것 같지만, 그랬다간 삐야 님이 통조림실로 저를 끌고 갈 것 같으니 자제하겠습니다.^^

그럼 이만 줄이겠습니다.

이번에도 끝내주는 작품을 저에게 맡겨주신 삐야 님과 L노벨 편집부 여러분. 정말 감사합니다. 오래간만에 고전 명작 게임을 떠올리며 즐겁게 번역했습니다.^^

일본에서 돌아온 날에 맞춰서 저희 집에서 강제 홈파티(?)를 개최한 지인들이여. 너희들, 내가 사 온 술 퍼마시는 게 목적이지?!

마지막으로 언제나 제게 버팀목이 되어주시는 어머니와 『시원찮은 그녀를 위한 육성방법』을 읽어주신 모든 분들에게 진심으로 감사드립니다.

본격적인 미소녀 게임 제작이 시작……되나 했더니 결국 여러 방향으로 폭주(?)하고 마는 2권 역자 후기에서 다시 뵙겠습니다!

2014년 6월 중순

역자 이승원 올림

시원찮은 그녀를 위한 육성방법 1

1판 1쇄 발행 2014년 9월 10일
1판 13쇄 발행 2022년 4월 8일

지은이_ Fumiaki Maruto
일러스트_ Kurehito Misaki
옮긴이_ 이승원

발행인_ 신현호
편집장_ 김승신
편집진행_ 권세라 · 최혁수 · 김경민 · 최정민
편집디자인_ 양우연
관리 · 영업_ 김민원

펴낸곳_ (주)디앤씨미디어
등록_ 2002년 4월 25일 제20-260호
주소_ 서울시 구로구 디지털로 26길 111 JnK디지털타워 503호
전화_ 02-333-2513(대표)
팩시밀리_ 02-333-2514
이메일_ lnovellove@naver.com
L노벨 공식 카페_ http://cafe.naver.com/lnovel11

원제 Saenai heroine no sodate-kata. Vol.1

ISBN 978-89-267-9772-3 04830
ISBN 978-89-267-9771-6 (세트)

값 6,800원

우리 집 더부살이가 세계를 장악하고 있다! 1~2권

나나죠 츠요시 지음 | 노조미 츠바메 일러스트 | 김진환 옮김

머나먼 독일에서 일본의 영세 공업사 · 이이야마 가문에 찾아온 소년,
카사토리 신야. 그 정체는 세계 유수의 대기업 오리온류트의 창업자로
손가락 하나로 군사위성까지 움직일 수 있는 하이스펙 남자 중학생이다.
사정이 있어 진짜 모습을 숨긴 채 신야는
이곳 이이야마 가문에서 더부살이하게 되었지만…….
"우리 집에는 다 큰 여자애들이 살고 있다구! 갑자기 동거라니!"
그곳에는 취미도 성격도 제각각인 귀여운 세 자매도 함께 살고 있었다?!
사장님~ 지금까지의 경험이 아무 쓸모 없는 환경에서,
어떡하실 건가요?

세계 제일의 무적 소년 사장과
재미있고 귀여운 세 자매가 보내드리는
《GA문고 대상 수상》의 앳 홈 러브코미디!

NOVEL

라이트노벨의 새로운 빛! L노벨의 신간은 매월 10일에 발매됩니다. www.lnovel.co.kr